上★海
红色歌谣

毕旭玲　编著

中西书局

图书在版编目（CIP）数据

上海红色歌谣 / 毕旭玲编著. —上海：中西书局，
2021.12
 ISBN 978-7-5475-1906-6

Ⅰ.①上… Ⅱ.①毕… Ⅲ.①民间歌谣－作品集－上
海－现代 Ⅳ.①I276.251

中国版本图书馆 CIP 数据核字（2021）第237016号

SHANGHAI HONGSE GEYAO

上海红色歌谣

毕旭玲　编著

责任编辑	刘寅春
装帧设计	黄　骏
责任校对	左钟亮
责任印制	朱人杰

出版发行　上海世纪出版集团
　　　　　　　中西書局（www.zxpress.com.cn）

地　址	上海市闵行区号景路159弄B座（邮政编码：201101）
印　刷	上海商务联西印刷有限公司
开　本	890×1240毫米　1/32
印　张	4.5
字　数	107100字
版　次	2021年12月第1版　2021年12月第1次印刷
书　号	ISBN 978-7-5475-1906-6/I·224
定　价	29.80元

本书如有质量问题，请与承印厂联系。电话：021-56044193

目 录

序   1

引 言   上海红色歌谣概述   1

第一章 热情似火的红色歌颂歌谣   13

一、上海红色歌颂歌谣欣赏   14

01. 东南风吹来浪里飘   15

02. 心里想起毛泽东   15

03. 人人跟着共产党   15

04. 东天出了个红太阳   16

05. 上海来仔解放军   16

06. 共产党来了真格亲   17

07. 解放前 解放后   18

08. 朱、毛来了换爿天   19

09. 穷苦人民叹苦得翻身   21

10. 十只台子歌   24

二、上海红色歌颂歌谣导读   26

知识点链接   32

第二章　辛辣幽默的红色讽刺歌谣　　　33

一、上海红色讽刺歌谣欣赏　　　34
01. 水厂工人歌　　　35
02. 希奇歌　　　36
03. 刮民党真糟糕　　　39
04. 东洋乌龟贼棺材　　　40
05. 苏州河上鬼门关　　　41
06. 打起仗来朝后走　　　41
07. 麻雀战　　　42
08. 扫帚星　　　42
09. 上海大劫收　　　43
10. 嘲"剿匪"诗　　　43

二、上海红色讽刺歌谣导读　　　44

知识点链接　　　52

第三章　尖锐深刻的红色揭露歌谣　　　53

一、上海红色揭露歌谣欣赏　　　54
01. 美国强盗到上海　　　55
02. 闹他个红旗满天　　　56
03. 说东洋　　　57
04. 保我中国兴　　　58

05. 上海战事　　　　　　　　　59

06. 控诉日寇歌　　　　　　　　62

07. 抗日时期上海二三事　　　　63

08. 抗战花名　　　　　　　　　65

09. 十更调　　　　　　　　　　68

10. 他就讲你是共产党　　　　　71

二、上海红色揭露歌谣导读　　　　72

知识点链接　　　　　　　　　　　81

第四章　催人奋进的红色革命斗争歌谣　　83

一、上海红色革命斗争歌谣欣赏　　84

01. 罢工斗争　　　　　　　　　85

02. "五卅"忆刘华　　　　　　　85

03. 上海工人大武装　　　　　　88

04. 百把镰刀闹革命　　　　　　89

05. 高举农会大红旗　　　　　　90

06. 国土不可侵　　　　　　　　91

07. 打东洋　　　　　　　　　　92

08. 军民合作歌　　　　　　　　93

09. 四明山　　　　　　　　　　94

10. 五月十三　　　　　　　　　95

二、上海红色革命斗争歌谣导读　　　　　　96

知识点链接　　　　　　　　　　　　　106

第五章　其他上海红色歌谣　　　　　　　107

一、其他上海红色歌谣欣赏　　　　　　　108

01. 义勇军，义勇军　　　　　　　　109

02. 地雷歌　　　　　　　　　　　　109

03. 坐着飞艇杀敌兵　　　　　　　　110

04. 折根芦苇当长枪　　　　　　　　111

05. 浦东五支队　　　　　　　　　　111

06. 小妹捐枪上战场　　　　　　　　113

07. 劝郎当兵　　　　　　　　　　　113

08. 支前歌　　　　　　　　　　　　114

09. 黄桥烧饼　　　　　　　　　　　114

10. 提倡国货五更调　　　　　　　　115

二、其他上海红色歌谣导读　　　　　　　118

知识点链接　　　　　　　　　　　　　124

后　记　　　　　　　　　　　　　　　125

附　录　本书所选歌谣出处　　　　　　　127

序

　　上海是中国共产党的诞生地，是不折不扣的革命圣地。一般我们把革命圣地称为红区、革命老区。可是在20世纪前期，上海却是"白区"。白区建立的党组织是白区党，与红区是明显不一样的。白区的党组织是不能公开活动的，也就是地下党组织，他们的贡献和牺牲一般也不被广大民众所知晓。因此过去讨论红色文化多关注于革命根据地的文化，白区的红色文化有些被忽视。而研究红色歌谣和红色故事这样的红色民间文学，更多的是以井冈山、延安、西柏坡为主流，这当然是合理的。像上海这样的革命文化的发祥地，红色民间文学也是成就突出、引人注目的。

　　近年来，上海实施的两项"开天辟地"工程分外吸引人们的眼光：其一是"开天辟地——党的诞生地发掘宣传工程"，其二是"开天辟地——中华创世神话"文艺创作与文化传播工程。两项工程都是前所未有的伟大创制。中华创世神话关系到国家民族文化培根固元的大问题，而党的诞生地发掘宣传工程则一改过去对上海现代文化的认知，将上海这座英雄的城市对于现代中国革命的伟大贡献鲜亮地凸显出来。随后，上海文化品牌建设之红色文化、海派文化和江南文化概念被提出，红色文化成为了上海文化鲜艳的旗帜。

这不仅是上海文化建设的正确选择，也是对中国现代文化的科学认知。上海是中国社会经济发展的中心城市之一，也是中国现代化水平最高的城市之一，是中国著名的国际化大都市。上海的发展，能够有力证明中国革命的正确性、合法性和先进性。毫无疑问，红色源头的文化力量是推动上海发展的动力。

两项"开天辟地"文化工程，是相辅相成的。当我们耳边响起《东方红》的雄浑旋律，响起《十送红军》的优雅旋律，就会发现，红色文化是植根在中华创世神话与中华民俗传统之中的，上海的红色歌谣同样如此，生长在江南文化厚重的民俗传统之上。

中国红色歌谣有一个突出特点，是对太阳神话精神的传承。太阳神话寄托了中国人的伟大梦想。从七千年前河姆渡文化中"双凤朝阳"这一成熟的艺术形式，到金沙遗址出土的三千年前的金箔四鸟绕日图像（中国文化遗产的标志），都充分说明了中国太阳神话是中国文化的代表性神圣叙事。在古人看来，太阳有重要的美德与能量，是天地楷模。古代天子也希望自己"德配天地，兼利万物，与日月并明，明照四海而不遗微小"。这是一种崇高的社会理想，形成了悠久的传统。兼利万物，兼善天下，是一种大公无私的情怀，是理想的人格。"明照四海而不遗微小"既要能量巨大又要公平无私，这只有日月才能够做到。所以，太阳的神话寄托了伟大梦想。

中国红色文化继承太阳神话品格是其博大情怀的体现。老百姓同样以传统的太阳神话信俗对于共产党充满期待。"东方红，太阳升"，"共产党，像太阳"，这是朴素的、深切的信赖。对于共产党如太阳的期待是中国红色歌谣的核心母题。这种母题表现，不仅仅在《东方红》一首歌曲里。出版于1959年的《红色歌谣集》的第一集标题就是"太阳好比共产党",十多首诗歌都是这个主题。处在白区的上海民众,也有同样的回响,实际上是同声歌唱。本书选录的歌谣,有"四句头山歌唱开场,那东天头出了个红太阳"的诗句。这种红色歌谣的民间套语,以太阳神话的母题寄托对于红色革命的期盼。通过这些红色歌谣的"太阳"叙事与歌唱,我们发现,这些作品具有厚重的内涵,体现的是民众的共同情感。如果具备一定的神话学知识,就会发现,红色歌谣的"红太阳"叙事具有强大深远的文化传统与社会理想背景。诞生在白色恐怖中的红色火种,能够燎原于中国大地,其中有相当的文化能量来源于太阳神话。

红色歌谣是民间歌谣的变种和提升。当红色歌谣成为民间歌谣,便是"为了人民的利益""为人民服务"的治国理想获得的强烈反响与最高奖赏,也是纪念碑式的历史印痕与文化洪流。《十送红军》是以客家民歌调"送郎归"为基础谱写的,这是民歌与红歌的融合。本书里的上海红色歌谣"十只台子"则是吴方言小调,开头一句起兴几乎与传统的"十只台子"完全相同。这体现了革命文化融入传统民俗的合法性问题。上海红色歌谣的江南民谣化,深刻体现了民众的政治认同与文化认同的统一。

上海的红色歌谣具有深广的内涵。作为民俗学者,我认为:上海红色歌谣是中国太阳神话母题的现代表述,上海红色歌谣是江南民俗文化的现代样态。

上海红色歌谣博大精深,但一直缺乏整理和研究。毕旭玲作为新一代海上民俗学研究者的代表,勇于探索,承担并很好地完成了市社联委托的中华创世神话学术工程项目,又自觉地自选题目担当了"开天辟地——党的诞生地发掘宣传工程"的实际任务,这体现出作者对于这座城市的深厚情感。

《上海红色歌谣》的出版为中国共产党诞生百年的盛大庆典献上了一份独特的礼物，更为民俗学、民间文学学术研究开拓了可贵的学术空间。在此，借用"东天头出了个红太阳"的歌词，祝贺毕旭玲在上海文化弘扬中取得的新成就。

2021年5月17日　于海上南园

上海红色歌谣概述

　　红色歌谣是在中国共产党领导中国人民实现民族独立和解放的实践过程中产生和传播的，反映新民主主义革命与斗争过程，表达对帝国主义、封建主义、官僚资本主义的批判，表现对中国共产党及其所领导的军队的爱戴和拥护等相关内容的民间歌谣。与其他民间歌谣相比，红色歌谣具有鲜明的革命性、政治性、斗争性。

　　上海作为中国共产党的初心之地，有着丰富的红色歌谣资源。这些歌谣不仅具有红色歌谣的一般特点，更体现了上海本地特色，是上海红色文化和城市文化的重要资源和表征。本书精选了50首具有代表性的上海红色歌谣，对它们进行了初步归纳和分析，试图带领读者领略上海红色歌谣的魅力，引导读者理解上海红色文化的价值和意义。

　　为方便读者阅读，先对上海红色歌谣的形成、特征与价值等情况进行简要介绍。

一、红色歌谣与"诗言志"传统

红色歌谣虽然产生于现代，却并非无本之木、无源之水，其中含有的批判与斗争精神实际上是对中国古代歌谣"诗言志"传统的继承。

早在文字产生之前，歌谣就产生了。它不仅是先民最古老的表达方式和文化载体之一，而且很早就进入了政治活动，成为古代社会治理的重要方式与政治传播的重要媒介。

孔子曾教育他的学生们说："小子何莫学夫诗？诗可以兴，可以观，可以群，可以怨。迩之事父，远之事君。多识于鸟兽草木之名。"（《论语·阳货》）这里的"诗"指的是《诗经》中的篇目。我们知道，《诗经》是我国第一部诗歌总集，其中包括各地民间歌谣，也包括雅乐，还包括宗庙祭祀歌曲。孔子认为《诗经》中的篇目是很好的学习材料，因为它可以抒发情志，可以观察风俗，可以协调人际关系，可以发泄怨气。学好诗歌，在家可以侍奉父母，在朝堂上可以侍奉君主，还可以了解许多鸟兽草木的名称。这就是著名的"兴观群怨"说。

这里所谓的"观"其实是对先秦时期"采诗观风"和"陈诗言志"制度的概括。《礼记·王制》载："天子……觐诸侯，问百年者就见之。命大师陈诗，以观民风。"周天子巡视东方时接见了东方各国诸侯，拜访了当地的百岁老人，并下令诸侯国的太师呈献当地的歌谣以了解民情风俗。周天子通过富有地方特色的歌谣来体察民情，了解施政得当与否。可见，当时的歌谣就已经具有了很强的政治功能。

《汉书·食货志》记载了采诗观风的具体做法："孟春之月，群居者将散，行人振木铎徇于路，以采诗，献之大师，比其音律，以闻于天子。故曰王者不窥牖户而知天下。"初春的时候，采诗官摇着木铃在热闹的路口采录歌谣，然后把这些歌谣献给掌管音乐的太师，让他们配上音乐，为天子表演。所以说周天子足不出户就能体察民情。歌谣为何能成为观风的对象呢？《尚书·尧典》说："诗言志，歌永言，声依永，律和声"，也就是说歌谣具有表达思想、抱负与志向的功能。汉代《毛诗序》在这个思路上继续阐述："诗者，志之所之也，在心为志，发言为诗。情动于中而形于言。"这就是中国古代文论中著名的"诗言志"观念。

"诗言志"，所言之志与政治有关的大致有三个方面：第一，部分歌谣表达了对施政者及其政令的歌颂，即颂歌。比如《拾遗记》记录说：圣明的帝尧在位时，在幽州的群山中，羽山的北面，有一种善于鸣叫的鸟叫做青鹢。它们长着人的脸和鸟的嘴，有八个翅膀，独足，毛色如同野鸡，从不落地。青鹢的声音如同钟磬笙竽那样优美，当时流传着一首歌谣："青鹢鸣，时太平"，意思是青鹢现世的时候就是太平盛世。这六字后来被称为"尧世民语"，显然属于歌颂类的歌谣。《列子·仲尼》中所载的《康衢歌》与其类似。相传尧帝曾经微服出巡，在大路旁听闻了一首歌："立我蒸民，莫匪尔极。不识不知，顺帝之则。"这也是对尧帝的赞颂，意思是：您使我们百姓生存，所有的准则都是您制定，百姓没有知识没有见解，只是遵守尧帝的法则。《诗经》中的"颂"与"雅"中也有不少篇目属于颂歌，比如《生民》赞颂了后稷，《绵》赞颂了太王，《皇矣》赞颂了太王、太伯、王季和文王，《大明》主要赞颂了武王。

第二，也有歌谣表达了对施政者及其政令的揭露与讽刺。比如《金楼子·箴戒篇》载：商纣王的胡子有一尺四寸长，喜爱姐己的美色，宫廷里到处是奇珍异宝，还让男女裸体游戏，在酒池肉林中长夜宴饮不休。民众因此用歌谣讽刺他说："车行酒，骑行

3

炙。百二十日为一夜。"商纣王因为宠爱妲己而误国之事也被当时的民众讥讽为："殷惑妲己，玉马走"(《论语比考谶》)，意思是纣王宠爱妲己而使贤臣离开。《太平御览》也记载了一首讽刺商纣的歌谣："尧舜至圣，身如脯腊。桀纣无道，肥肤三尺。"尧舜这样的圣王，为天下操劳，身体干瘦如腊肉。而夏桀、商纣这样的昏君，榨取民脂民膏为己用，身上的肥肉有三尺厚。这里采用了对比的手法，在赞颂圣王的同时也讽刺了暴君。

第三，有些歌谣具有鲜明的政治倾向，具有引导社会舆论的功能，比如很多以童谣形式流传的谶谣。谶谣是带有政治性预言的歌谣。比如《后汉书》中记录的"千里草，何青青。十日卜，不得生"，"千里草"合成"董"字，"十日卜"合成"卓"字，意思是别看现在董卓势力很盛，但他灭亡的日子很快就会到来。后来，董卓命丧吕布之手。同书中还有另外一首谶谣："八厶子系，十二为期"，"八厶子系"合成"公孙"，即东汉初自立为帝的公孙述。该谣的意思是公孙述只能昌盛十二年。从公孙述称帝到被刘秀所灭，恰好十二年。当然，无论是关于董卓的谶谣，还是关于公孙述的谶谣实际上都是被利用的政治行为，歌谣本身并不真正具备预言功能。

"诗言志"关切政治的传统在中国文化史上不断得到延续，在新民主主义革命中结出了红色歌谣的硕果。

二、上海红色歌谣的形成及其特征

(一)上海红色歌谣的形成

上海红色歌谣是中国红色歌谣的重要组成部分，其形成与近现代上海社会有着密切关系。

第一，上海是新民主主义革命中许多重要历史事件的发生地，见证了红色革命史。而这些革命事件既促生了红色歌谣，又成为红色歌谣创作的素材。比如，上海是中国共产党第一次、第二次、第四次全国代表大会的召开地，是名副其实的中国红色文化的源头。又如，为了抗击日寇，全面抗战初期最大规模的战斗——淞沪会战在上海打响。这些重大事件都成了红色歌谣的"催化剂"和重要内容。

第二，上海是中国产业工人的集聚地，这些产业工人成为红色歌谣最重要的创作与传播群体。上海开埠以后，外国资本先后涌入，纷纷在上海建造工厂，大量破产农民和城市贫民成为最早的一批中国产业工人。早在五四运动中，上海工人阶级率先作为独立的政治力量登上了历史舞台。1920年，陈独秀等人在上海开展工人运动，发起成立了中国共产党领导的最早的产业工会——上海机器工会。此后，上海的工人阶级逐渐壮大，以罢工等形式参与了中国新民主主义革命运动。

第三，上海经历了长达八年的沦陷时期，在日本帝国主义的高压统治下，上海民众对民族解放的渴望深深被压抑。这种压抑强化了红色歌谣的创作与传播。1937年11月，日军占领了包括沪西、南市、浦东、闸北在内的上海大部分地区，当时英美法尚未对日宣战，因此日军没有进入公共租界和法租界。租界区也因此形成了被包围的态势，被称为"孤岛"。这种状态一直持续到1941年12月8日太平洋战争爆发，日军入侵租界，全面占领上海，直到1945年抗日战争胜利。

第四，上海开埠以后迅速成为移民城市。移民社会是上海红色歌谣形成和发展的重要社会背景。一方面，各地移民带来了富有地方特色的民间曲调，这些曲调影响了上海红色歌谣的形式，使上海红色歌谣具备了丰富的曲调形式。另一方面，移民的流动还促成了外地红色歌谣向上海的传播，丰富了上海红色歌谣的内容。

（二）上海红色歌谣的特征

在近现代上海社会的独特背景下，上海红色歌谣发生、发展、传承、传播，形成了具有上海地方特色的歌谣特征，主要包括如下几点：

1. 出现时间早

作为红色文化策源地，上海红色歌谣在新民主主义革命初期就出现了。最早的上海红色歌谣可能是在工人罢工斗争中产生的。早在中国共产党诞生之初，开展工人运动就成为党的重要工作之一。1921年七八月间，李启汉同志就在上海领导了上海英美烟厂工人大罢工，这是中国共产党领导下的第一次中国工人罢工运动。本书所选的《罢工斗争》就是一首反映上海工人罢工运动的歌谣。1926—1927年，工人罢工运动发展为工人武装起义，尤其是第三次上海工人武装起义取得了很大胜利，甚至建立了由工人和各界人士组成的上海市临时政府。当时，在参加武装起义的工人中曾流行过这样一首红色歌谣："天不怕，地不怕，哪管铁链子下面淌血花。拼着一个死，敢把皇帝拉下马。杀人不过头落地，砍掉脑袋只有碗大个疤。老虎凳、绞刑架，我伲咬紧钢牙。阴沟里石头要翻身，革命的种子发了芽。折下骨，当武器，不胜利，不放下。"

2. 形式内容丰富

上海红色歌谣结构灵活，曲调形式多样。上海红色歌谣中有借用传统小调形式来叙事抒情的，五更调、十更调、杨柳青调、十只台子调、十二月花名调等都是上海红色歌谣中常见的民间曲调。也有不少采用民间曲艺形式进行表现的，比如小热昏。比起歌谣，小热昏这样的曲艺形式表演性更强，更受欢迎，因此借用小热昏的形式表达红色内涵也能使红色文化传播更广。部分上海红色歌谣还采用了劳动号子的形式。劳动号子是与劳动关系最密切的歌谣体裁，上海红色歌谣中劳动号子的存在，说明红色歌谣曾深入民间，与民众生产生活融为一体。

上海红色歌谣所反映的内容也相当丰富，既有反映工人罢工运动与武装起义的歌谣，又有反映上海及苏浙等地抗日斗争的歌谣；既有表现新四军对敌战斗的歌谣，又有表现后方群众支援前线的歌谣；既有歌颂共产党及其领导的军队的歌谣，又有揭露日军侵华罪行和国民党反动统治的歌谣。

3. 地方特色浓郁

上海红色歌谣是在上海产生和发展的，带有浓郁的上海地方特色，尤其表现在方言俚语的使用中。比如本书所选的《朱、毛来了换爿天》《穷苦人民叹苦得翻身》《上海战事》等歌谣就是以方言传唱的。当然，在这些红色歌谣产生的时期，上海话还处于形成过程中，所以这些红色歌谣中的方言与当代上海话有相同之处，也有区别。我们知道，上海话是一种吴语方言，它是在本地吴语的基础上，融合了开埠后吴语区各地移民的方言形成的。所以红色歌谣中使用的部分方言，在吴语区的不少地方都是通用的。比如《朱、毛来了换爿天》的"爿"就是吴方言中常见的一个空间量词，相当于普通话中的"家""间""片"等。又如在本书所选的不少红色歌谣中常出现的"勿""眍"，意思是"无""没有"，在吴方言中也常见。

其中，有些方言俚语在当代上海话中的使用频率依然较高，比如《上海战事》中的"铜钿"。"铜钿"原指铜质的硬币，即铜钱，后来泛指金钱。直到当代，"铜钿"与"钿"在上海话中还指钱，上海人买东西时问价格，通常说："几钿?"意思就是多少钱。又如《朱、毛来了换爿天》中的"雌婆雄"。"雌婆雄"一词可能最早来自苏州方言，与普通话中的"男人婆"意思相近，此词在当代上海话中还在使用，也作"雌孵雄"。

还有一些方言词汇是极具上海特色的，比如洋泾浜英语词汇。本书所选的《美国强盗到上海》与《提倡国货五更调》两首就是使用洋泾浜英语的代表性歌谣。"洋泾浜英语"一词是上海人对中国化英语的称呼，而"洋泾浜英语"本身就是"上海特产"。洋泾浜是浦西的一条小河浜，在今延安东路轮渡口处与黄浦江相通，向西流至周泾（今为西藏南路之一段）。上海开埠以后，洋泾浜成为英租界的南界与法租界的北界。后来，洋泾浜泛指租界。租界设立以后，不少中国人操着不标准的英语作为贸易的中间人。这种在洋泾浜附近出现的语法不准确、带有中国口音的英语被称为"洋泾浜英语"（Yang King Pang English），当时一种以中文读音注音的英文速成手册也被命名为《洋泾浜英语手册》，所以洋泾浜又指向了中文音译的英语。《美国强盗到上海》中的"米斯"是英语单词Miss的中文音译，"爱司A"是半音译半英文的美国简称USA。《提倡国货五更调》中的"拿摩温"是英语Number One的中文音译。

4. 都市性特征鲜明

与其他地方的红色歌谣相比，上海红色歌谣的都市性特征尤其鲜明。开埠以后，由于上海的区位优势，转口贸易及为转口贸易服务的金融业得到了迅速发展，吸引了海内外的大批侨民到上海投资、定居或谋生，由此上海的城市建筑与各种公共设施也得到了大发展，上海迅速成为远东地区著名的国际大都市。在上海城市化发展的过程中产生和发展的红色歌谣也带有鲜明的都市性特征。比如，上海红色歌谣曲调中有许多在上海城市中流行的时调。上海开埠以后，不少民间小调先由曲艺班子搬上艺术舞台，后来被上海歌舞场中的乐曲吸收并进行了改编，有些甚至被灌制成唱片，或在电台播放，这些城市艺术传播的新形式推动了以时调为曲调的新民谣的传播，当时还形成了冠名"上海时调"的唱本。

上海红色歌谣的都市性特征也表现在歌谣传播的迅速与广泛性上。作为国际大都市，上海聚集了来自五湖四海的民众，他们之间产生着商业贸易、生产、生活、娱乐等方方面面的联系。红色歌谣就在这些密集、频繁的交往中迅速地、大范围地传播，其中既有上海本地产生的红色歌谣，又有外地传入、在本地传播的红色歌谣，这些红色歌谣都因为上海的大都市特征而得到了迅速、广泛的传播。

上海红色歌谣的都市性特征还表现在其中容纳的都市特有的事物中。与陕北、江西等革命老区的红色歌谣不同，很多上海红色歌谣是在都市背景下展开的，出现了众多都市中才有的词汇，比如《希奇歌》中的"影戏"（电影）、"老野鸡"（妓女）、"巡捕"（旧上海租界警察）、"红头阿三"（印度巡捕）、"博士"等，又如《美国强盗到上海》中的"雪茄""汽车""洋货""公园"等，都是在都市中才能出现的事物，这些事物使上海红色歌谣带有浓厚的都市性特色。当然，这并不意味着没有产生自乡村或者反映乡村内容的上海红色歌谣，但与反映都市内容的红色歌谣相比，后者更具有特色。

三、上海红色歌谣的价值与意义

在概述的最后，本书想要分析一下上海红色歌谣的价值与意义。红色歌谣的价值包括许多方面，比如它的政治价值、教育价值、经济价值与社会价值等，这里想重点阐述它的历史价值与认同价值。

（一）上海红色歌谣的历史价值

虽然新民主主义革命距离现在并不遥远，但由于种种历史原因，新民主主义革命史的材料并没能完整保留下来，很多细节都有缺漏。这些空白对于我们理解与研究上海红色历史与文化来说都是不利的。红色歌谣的创作与传播部分弥补了上海红色历史记录不足的缺憾，具有非常重要的历史价值。

我们以上海的农民革命史为例。上海工人运动的历史早已引起重视，在中国革命史中占有重要地位，但上海农民运动的历史却一直没有得到很好的整理，其意义也没有被充分认知。实际上，上海农民运动早在第一次国内革命战争时期就发生了。1926年，在党的领导下，奉贤诞生了农民协会。农民协会组织农民斗土豪、惩恶霸，赢得了广大农民的支持和爱戴。上海地方文献和奉贤地方文献对于农民协会领导农民斗争这一段历史的记录并不多，但上海红色歌谣却弥补了这一空白，比如本书所选的《百把镰刀闹革命》与《上海工人大武装》。

《百把镰刀闹革命》唱道："农民协会一道令，百把镰刀闹革命，红旗飘，银光闪，威武扬，名声远。大小土豪和恶霸，逃到奉城想保命，农民兄弟团结紧，拿下奉城有决心。"从"百把镰刀闹革命"一句可以看出早期农民武装斗争条件的艰苦，奉贤农民缺乏枪支弹药，仅能将镰刀等农具作为武器。从歌谣内容来看，农民协会领导的这支队伍在奉贤打土豪、斗恶霸，远近闻名，并有进攻奉城镇的计划，曾取得不小的胜利。《上海工人大武装》的背景是1927年3月第三次上海工人武装起义，但它却是一首反映当时上海农民运动的杨柳青调歌谣："上海工人大武装，奉贤农民喜洋洋，杨啊杨柳青啊，城里厢，灭官僚，乡下头，打地主，哎哎哟，剥削阶级死精光。"从歌谣内容来看，在第三次上海工人武装起义的同时，奉贤农民也被发动起来进行了反对地主的革命斗争，并且取得了胜利。

（二）上海红色歌谣的认同价值

上海红色歌谣与红色电影、红色小说、红色美术等文学艺术作品不同，前者的创作和传播都要依靠集体的力量，在这个过程中，起关键作用的是民众的认同。只有民众从心底认可共产党的领导，相信共产党可以带领中国人民赢得独立解放，他们才能接受红色歌谣并将其传播开去。所以，众多红色歌谣在上海的传播、传承，支持在其后的文化心理是民众对红色文化的认同。这种红色文化认同是自发形成的，是中国共产党得到民众的真心拥护与支持的反映，也是红色革命能最终取得胜利的保障之一。

实际上，不仅是在新民主主义革命时期，到了社会主义建设时期，上海红色歌谣也在以书面、口头等各种方式进行传播，其中所体现的红色文化认同价值尤其值得我们重视。

可惜的是，这些具有重要价值的上海红色歌谣资源至今尚未得到系统整理。迄今为止，对包括上海红色歌谣在内的上海民间歌谣的大型整理工作仅有两次，分别是上海解放后的民间口头文学搜集与"文革"结束后的中国民间文学三套集成（民间故事、歌谣、谚语）的编辑。但在这两次整理工作中，红色歌谣都未引起足够的重视，更没有得到专门的分类研究，还有不少红色歌谣仅在民间流传。上海部分区县在对各自的民间文学资源的发掘过程中也涉及红色歌谣。20世纪50年代末，青浦县委宣传部出版了《青浦田歌》，其中第一辑"紧紧跟着共产党"中就包含一些红色歌谣，比如《共产党胜过亲爷娘》唱道："孩儿吃奶望亲娘，大树无根不能长，树靠根根儿靠娘，人民翻身全靠党，共产党恩情海样深，共产党胜过亲爷娘。"但这些也仅是零星的工作，得到收集整理的红色歌谣数量并不多。

上海红色歌谣资源非常丰富，本书在写作过程中已经搜集到数百首，并选择其中的50首进行分析。从内容来看，上海红色歌谣大都可以归纳为红色歌颂歌谣、红色讽刺歌谣、红色揭露歌谣、红色战斗歌谣，但也有少数歌谣难以归类，因此本书又另列了"其他类"。接下来，本书就按照上述五种类型带领读者品读上海红色歌谣，探寻上海红色文化记忆。

热情似火的
红色歌颂歌谣

歌颂歌谣，一般简称"颂歌"，即赞美和祝
颂的歌谣。上海红色歌颂歌谣的字里行间都
表达出民众对中国共产党和人民军队最热忱
的爱戴与拥护。

一、上海红色歌颂歌谣 ★ 欣 赏

01.　东南风吹来浪里飘

东南风吹来（末）浪里（哎嗨伊哎来）飘（啊），
共产党（末）像灯塔（是）来照耀（啊），
照得侬农民（是）心里亮，
到处（末）啊一片（来）新气（哎）象。

02.　心里想起毛泽东

心里想起毛泽东，
半夜三更太阳红，
口中说起毛泽东，
哑子唱歌响喉咙。

03.　人人跟着共产党

朵朵葵花向太阳，
只只飞鸟朝凤凰，
牛车盘咕噜噜绕梁转，
人人跟着共产党。

04. 东天出了个红太阳

四句头山歌唱开场，
那东天头出了个红太阳。
男女（末）下田同行事，
那再勿有吸血的贼老相。

05. 上海来仔解放军

上海来仔东洋兵，
人人仇恨海洋深。
上海来仔反动派，
人人心里勿痛快。
上海来仔蒋介石，
人人面上无血色。
上海来仔汤恩伯，
人人生活受压迫。
上海来仔解放军，
人人好比出牢笼。
上海来仔陈司令[①]，
安居乐业勿担心。

---

① 陈司令，即陈毅，解放战争中任第三野战军司令员等职。

06.　　共产党来了真格亲

勒拉①旧社会，
夫妻亲，不算亲，
同床合被两条心。
儿子亲，不算亲，
娶了老婆离娘身。
媳妇亲，不算亲，
半句不对就记在心。
女儿亲，不算亲，
四柜六箱还不称心。
女婿亲，不算亲，
三句闲话不对就不上丈母门。
共产党来了真格亲，
里里外外都关心。
毛主席领导人人亲，
比爷娘还要亲三分。

---

① 勒拉：方言，即在。

07.　解放前　解放后

解放前，
我伲①劳动人民吃苦头。
吃的是六谷粉②，
住的是破阁楼。
外面落雨里面漏，
三冬腊月全家只有一条破被头。
西北风吹得人发抖，
无柴无米整日愁！

解放后，
我伲劳动人民翻身把家当！
大人有工作，
小人进学堂。
住的是新工房，
经常吃蹄胖③。
生活甜得像蜜糖，
心里越想越舒畅！

————————

① 我伲：方言，即我。
② 六谷粉：指苞米粉，是政府配给口粮之一。
③ 蹄胖：应为"蹄髈"。

08.　　　朱、毛来了换爿①天

　　　　阿龙阿龙命里穷，
　　　　拾到烟管两头通，
　　　　吹吹吹勿通，
　　　　讨个老婆雌婆雄②，
　　　　我阿龙，想想想勿通。

　　　　屋里柴火无一根，
　　　　风扫地，月点灯，
　　　　吃了早饭呒③夜顿，
　　　　吃了夜饭呒早顿。
　　　　迭④种日子哪能过。

　　　　啥人说我老婆雌婆雄，
　　　　穷做穷，我阿龙生有一双手，
　　　　二十四根肋骨，
　　　　从早到晚做得还是穷，
　　　　啥个道理总是想勿通。

————————

① 　爿：方言，量词，即片。
② 　雌婆雄：方言，此处指"男人婆"。
③ 　呒：方言，即没有。
④ 　迭：方言，即这。

早也望，夜也望，
想一想，
青草瓦爿总有翻身日，千年铁树总有开花时，
想我阿龙命勿穷。

盼星星，盼月亮，
朱、毛来了换爿天，
鸡鸭成群猪满圈，
老财尾巴夹起来，
穷人翻身得解放。

09.　穷苦人民叹苦得翻身

穷苦人民苦万分，
吭没好好交①房子登②，
弄间草屋将就哼③，
东风出来西风进。

勿落雨，天照应，
阵头雨④，急煞人，
屋里漏来像稻田恁，
被头⑤衣裳湿干净。

吭没床铺吭哪能⑥，
搁块门板将就哼，
身上盖块破棉絮，
遮了上身露下身。

一翻身，地上滚，
皮肤跌了血印印，
眼泪水正勒滚唠滚，
迭种苦头吃勿尽。

———————

① 好好交：方言，即好好的、好好地。
② 登：方言，即住。
③ 哼：语气助词，没有实在意义。
④ 阵头雨：方言，即阵雨。
⑤ 被头：方言，即被子。
⑥ 吭哪能：方言，即没办法。

呒没灶头呒哪能，
弄只行灶①将就哼，
烧么烧眼茅草茎，
眼睛煨来红噜噜。

推一把，别转身，
一歇②旺，一歇阴，
平平空空轰声恁③，
头发眉毛炭干净④。

三春头浪⑤更伤心，
呒没好好交吃一顿，
草头野菜当饭吃，
看看好像猪食恁。

吃吃看，吃勿进，
勿吃性命活勿成，
硬仔头皮吃一顿，
多多少少吃干净。

幸亏来了解放军，
　　解放我侃老百姓，
　　斗土豪，斗地主，
　　分田分地闹盈盈。

　　当了家，做主人，
　　雪花米饭香喷喷，
　　日脚越过越开心，
　　感谢共产党大救星。

10.　十只台子歌

第一只台子四角方，
共产党要打蒋匪帮。
三月头里来打仗，
不到月底就解放。

第二只台子凑成双，
人民救星共产党。
眼看上海要解放，
人民翻身有希望。

第三只台子桃花红，
政府命令要服从。
乡里干部思想通，
土改工作搞成功。

第四只台子四角平，
英勇作战解放军。
流血流汗为人民，
工农大众都欢迎。

第五只台子在端阳，
人民政府力量强。
飞机大炮机关枪，
捉劳蒋匪算总账。

第六只台子荷花放，
蒋匪逃到啥地方。
全国各地要解放，
不怕美帝帮蒋忙。

第七只台子是七巧，
日本鬼子最不好。
跑到中国来杀烧，
还要调戏女同胞。

第八只台子漆得好，
日本鬼子全赶跑。
今日打败蒋匪军，
还要提防美国佬。

第九只台子菊花黄，
抗美援朝气昂昂。
大陆处处都解放，
只有台湾小地方。

第十只台子唱成功，
毛泽东领导最光荣。
翻身全靠共产党，
人民个个喜洋洋。

二、上海红色歌颂歌谣 ★ 导 读

颂歌的历史非常悠久，早在华夏民族形成初期就有了对氏族首领和祖先进行歌颂的歌谣。《太平御览》引《辨乐论》载："昔伏羲氏因时兴利，教民畋渔，天下归之。时则有网罟之歌。神农继之，教民食谷，时则有丰年之咏。黄帝备物，使垂衣裳，时则有龙衮之诵。"这里的"网罟之歌"是歌颂伏羲氏教民渔猎功德的歌谣，"丰年之咏"是歌颂神农氏教民种植功德的歌谣，"龙衮之诵"是对黄帝治理天下功德的歌颂。早期颂歌的内容也比较丰富，除了对首领和祖先的歌颂之外，还有对贤人、忠臣等的赞颂。《说苑·正谏》中所载的一首《楚人歌》也是典型的颂歌，歌曰："薪乎莱乎，无诸御己，讫无子乎！莱乎薪乎，无诸御己，讫无人乎！"相传，楚庄王曾下令修筑一座工程浩大的高台，给民众带来了沉重的负担。有七十二位大臣劝谏楚庄王收回命令，结果都被处死，其他想要劝谏的臣子因此被吓退了。最后，一位名叫诸御己的平民挺身而出，冒死进谏，终于劝服楚庄王停止建造高台的工程，使民众得以解脱，于是民众创作了《楚人歌》赞颂他。"薪乎莱乎"即"草莱"，指平民。歌谣的意思是说：虽然诸御己只是一介草民，却做到了大臣们都没有做到的事情。

上海红色歌颂歌谣直抒胸臆，感情真挚热烈。比如流传于青浦地区的《东南风吹来浪里飘》直接赞颂道："共产党（末）像灯塔（是）来照耀（啊），照得伲农民（是）心里亮，到处（末）啊一片（来）新气（哎）象。"青浦农民将共产党比作在茫茫大海上引领航路的灯塔，党的光辉不仅照亮了他们饱受欺压的阴霾之心，也给他们死气沉沉的生活带来了新希望。又如流传于闵行杜行一带的《穷苦人民叹苦得翻身》歌唱民众得解放后的新生活说："当了家，做主人，雪花米饭香喷喷，日脚越过越开心，感谢共产党大救星。"

可能在大多数读者的认识中，颂歌的语言是简单而直白的，往往缺乏艺术性，实际上这是一种不全面，甚至是错误的认识。虽然部分颂歌的语言确实简单，近乎直白，但大多数上海红色颂歌在修辞手法、结构形式等方面都具有很强的艺术性和较高的审美价值。比如流传于奉贤地区的《心里想起毛泽东》唱道："心里想起毛泽东，半夜三更太阳红，口中说起毛泽东，哑子唱歌响喉咙。"全篇虽然只有短短四句，却沿用了传统歌谣的艺术手法，不仅偶句末尾押韵，还使用了比喻、夸张等修辞手法。奉贤民众将毛泽东比作照亮黑夜的红太阳，还赋予"毛泽东"这一名字神奇的力量，认为即使是哑巴说起这一名字也能唱出响亮的歌声。

不少颂歌中都使用了"起兴"的传统歌谣表现手法。"起兴"即"兴"，也就是始于《诗经》的三大表现手法——"赋、比、兴"中的"兴"。"赋"即铺陈直叙；"比"即比喻，包括明喻、暗喻、借喻等；"兴"是"起"的意思，指用托物言志的手法引出想要表达的事物、思想或感情等。我们知道，《诗经》是我国第一部诗歌总集，分为风、雅、颂三部分。其中的"风"即国风，包括采录自十五个诸侯国的民间歌谣。这些歌谣大量使用了赋、比、兴的表现手法，比如名篇《关雎》的开头就是典型的起兴，"关关雎鸠，在河之洲"传递了一种和谐吉祥的信息。相传关雎这种水鸟，雌鸟与雄鸟形影不离，情意专一，如果其中的一只不幸死去，另一只也不会独活，因此关雎鸟成为爱情的象征。《关雎》开篇对它的描写引起了后文"君子"对"淑女"的追求，这就是起兴。

同样，我们在颂歌中也常常可以见到这种古老的起兴手法的应用。比如流传于奉贤庄行地区的《人人跟着共产党》的前三句都是起兴，"朵朵葵花向太阳，只只飞鸟朝凤凰，牛车盘咕噜噜绕梁转"描述了自然界、神话故事与人类社会中的三种现象——向日葵花盘追着太阳转，百鸟向凤凰朝贺，车轮绕着车轴转。这三种现象都象征着引领与被引领、中心与周围的关系，与人民对共产党的信任、自愿接受党的领导相类，从而引出了第四句——"人人跟着共产党"，这也是全篇的主题句。此歌谣仅有短短四句，因为起兴与比喻手法的应用而表现出活泼、热烈的民间风情。也有一些颂歌中的起兴句与后文没有类比关系，只起到开一个头，引起听众注意的作用。比如《东天出了个红太阳》的首句是"四句头山歌唱开场"，营造了一个起势。此外，可能因为斗争环境比较复杂，"那东天头出了个红太阳"一句使用了借喻手法，将毛泽东或共产党比作红太阳，但并没有出现作为本体的"毛泽东"或"共产党"，也没有喻词。

除了起兴之外，对比的手法在颂歌中也常被使用。所谓的对比就是把具有明显的差别、相互矛盾，甚至是对立的双方安排在一起，进行对照，从而凸显某一方的表现手法。有些颂歌将军阀、日本侵略者、国民党反动派等这些带给民众沉重灾难的势力与共产党及其领导的军队进行比较，也有些用旧生活与新生活进行比较，让听众从比较中分清好坏、明辨是非，从而达到歌颂共产党的目的。比如《上海来仔解放军》就将上海民众对日本兵、国民党反动派、蒋介石、汤恩伯的仇恨、憎恶与对解放军、陈毅司令员的感恩之情进行了比较，表现了上海解放后民众安居乐业的幸福生活，赞颂了共产党的伟大历史功绩。

在《共产党来了真格亲》中，对比手法的使用非常特别，它比较的对象既不是新旧两种社会，也不是国民党与共产党两个党派，而是民众的亲人和共产党。在各地红色颂歌中都有将共产党比作亲人的内容，但此篇却用比较的方法说明共产党比亲人更亲。歌谣中所举出的夫妻、儿子、儿媳、女儿、女婿都是家庭主要成员和最亲近的人，但即使是这些亲人，也有离心之举，也有过分要求，正如歌谣中表述的那样："夫妻亲，不算亲，同床合被两条心。儿子亲，不算亲，娶了老婆离娘身。媳妇亲，不算亲，半句不对就记在心。女儿亲，不算亲，四柜六箱还不称心。女婿亲，不算亲，三句闲话不对就不上丈母门。"只有共产党，处处关心民众，因此被认为是"真格亲"，"比爷娘还要亲三分"。

在上海红色颂歌中，对比往往兼有表现手法与结构方法的双重功能。比如流传于虹口地区的《解放前 解放后》分为前后两段，分别表现了民众在旧社会与新社会中不同的生活状态，这样的对比就不仅是表现手法，更是构建全篇的方法。解放前，民众生活困顿，吃不起白米饭，只能用苞谷面充饥，住的是"外面落雨里面漏"的破阁楼，盖的是仅有的一条破被子，因此"无柴无米整日愁"。解放以后，民众翻身做了主人，大人工作，孩子读书，住在宽敞明亮的新工房中，还常常能吃到猪蹄髈，因此"生活甜得像蜜糖，心里越想越舒畅"。全篇没有一句直接赞颂共产党的语句，却通过新旧生活的比照，让听众领会到在党的领导下民众生活发生了翻天覆地的变化，因此实际上又句句是对共产党的歌颂。

细腻是上海文化的一大特征，细腻的特征同样也反映在上海红色颂歌中。那些篇幅较长的颂歌往往比较详细地描述了上海民众在旧社会的悲苦生活，细腻的描写不仅衬托了新社会的幸福生活，更赞颂了带领民众过上美好新生活的共产党。比如流传在静安一带的《朱、毛来了换爿天》就描述了主人公"阿龙"在旧、新两个社会所体验到的巨大反差。阿龙出身贫困，在旧社会过着饥寒交迫的生活。"屋里柴火无一根，风扫地，月点灯，吃了早饭咙夜顿，吃了夜饭咙早顿"形象地描绘了穷苦人的生活。阿龙想不通，为什么从早到晚不停劳动依然贫穷。但阿龙人穷志不短，坚信贫困的生活终究会改变:"青草瓦爿总有翻身日,千年铁树总有开花时,想我阿龙命勿穷。"在新社会,阿龙终于过上了幸福生活,"鸡鸭成群猪满圈,老财尾巴夹起来",于是阿龙称赞道:"朱、毛来了换爿天。"

《穷苦人民叹苦得翻身》对旧社会困顿生活的描摹更加细腻。穷苦人民没有结实的住房,只能将就住在草屋中。什么样的草屋呢? "勿落雨,天照应,阵头雨,急煞人,屋里漏来像稻田恁,被头衣裳湿干净。"即使搭起了草屋,也没有像样的家具,只能门板当床,破棉絮当被,这样的床是极不稳当的,"一翻身,地上滚,皮肤跌了血印印,眼泪水正勒滚唠滚"。穷人也砌不起灶台,只得使用柴火小灶。小灶火候不好掌握,"一歇旺,一歇阴,平平空空轰声恁,头发眉毛炭干净"。到了初春,青黄不接,没有存粮,穷人只好用草头野菜充饥。这种饭菜看着像猪食,无法下咽,但不吃又会饿死,只好硬着头皮吃下去。上述这些细腻的描绘与后文穷人得翻身后的新生活形成了鲜明的对照,往昔的草头野菜成了"雪花米饭",共产党因此被称赞为"大救星"。

一些上海红色颂歌还借用民间小调的形式进行表达。民间小调与其他民歌民谣不同,因为有职业或半职业艺人的传唱,逐渐具有了较为定型的词、曲,艺术上较为完善,一般具有节奏规整、结构均衡等特征。《十只台子歌》就是用具有吴方言特色的小调"十只台子"填词而成。作为填词而成的新民谣,《十只台子歌》同时也具有形式较为自由、活泼的特点,而且因为段数较多,容纳的内容也比较丰富。《十只台子歌》反映了从抗日战争到上海解放,从土地改革到抗美援朝这一段历史时期的内容,时间跨度之大在上海红色颂歌中很少见。中国人民得到解放,中国社会得到发展靠的都是党的领导,因此歌谣在最后一段赞颂说:"毛泽东领导最光荣","翻身全靠共产党"。

歌谣　歌谣又称民间歌谣、民间诗歌，是最早产生的民间文学体裁之一，也是最重要的民间文学作品体裁之一。歌谣是民众口头创作、口耳相传的韵文体作品，包括"歌"与"谣"两种。汉代注解《诗经》的《毛诗故训传》说："曲合乐曰歌，徒歌曰谣。"配乐演唱的是歌，清唱的是谣。这是早期"歌"与"谣"的分别，发展到后来，只关注节奏与韵律的吟诵也被归为"谣"的范围。

歌谣的特征　歌谣的形式特征主要体现在句式和押韵方面。在句式方面，一些歌谣比较整齐，也有些歌谣在整齐中富有变化。押韵即句末使用相同韵母的字。在押韵方面，有些歌谣句句押韵，有些歌谣在一、二、四句末尾押韵，还有些歌谣隔句押韵。

十只台子　"十只台子"是具有吴方言特色的小调。"十只台子"以数序结构歌谣，从"第一只台子"一直唱到"第十只台子"。"台子"的反复出现，是结构上重叠手法的应用，在民谣中常见。传统的"十只台子"小调四句成一段，表达一个相对完整的意思，注重对仗、押韵，具有起承转合的结构。

辛辣幽默的红色讽刺歌谣

讽刺歌谣主要采用比喻、夸张等艺术手法进行批评与揭露。上海红色讽刺歌谣数量众多，具有尖锐地直指矛盾与幽默地揭露问题的鲜明特征。

一、上海红色讽刺歌谣 ★ 欣 赏

01. 水厂工人歌

（一）恶头脑

天上最坏九头鸟，
地上最恶大头脑[1]。
三个大头脑，
不抵一个英国佬[2]。

（二）走狗

天上坏鸟数九头，
地上要数"酱麻油"[3]。
腰挂手枪恶赳赳，
老板点头他扬手，
他是老板一条狗！

（三）不及老板一条狗[4]

水池血泪日夜流，
老板欢乐工人愁，
我伲一年苦到头，
不及老板一条狗。

---

[1] 大头脑：指大工头。
[2] 英国佬：指英国老板。
[3] 酱麻油：指工人为工头恶棍陈进发所起的绰号。
[4] 当时水厂老板有两条狗，有专为狗烧饭的师傅，为狗看病的兽医，狗死后还筑坟树碑。

02. 希奇歌

希奇希奇真希奇，
希奇格事体一件又一件。

第一何事来希奇？
瞎子夜里看影戏，
戏情做得真好笑，
瞎子跟仔人家也会笑眯眯①。

第二何事有希奇？
隔壁有只老母鸡，
一到五更天光亮，
跟着公鸡喔喔啼。

第三何事来希奇？
飞机飞到房间里，
知道民不聊生苦，
特为进来侦察的。

---

① 原文录作"迷迷"，笔误，今更正为"眯眯"。

第四何事来希奇？
龙华宝塔被人偷转去，
这样的本事何不去救国，
把东北失地收转呢？

第五何事来希奇？
四马路上老野鸡①，
路上拉客巡捕捉，
连忙逃到混堂②里。

第六何事来希奇？
舱船开到茶馆里，
堂倌一见胆吓破，
竟会躲进铜吊③里。

第七何事来希奇？
红头阿三唱京戏，
唱的是张飞把守山海关，
刘备酒醉爱杨妃。

---

① 野鸡：即私娼。
② 混堂：澡堂。
③ 铜吊：煮水的铜壶。

第八何事来希奇？
八十岁老太出胡须，
老公为此学剃头，
需帮老太来修面。

第九何事来希奇？
博士街头讨小钿，
经济恐慌失业多，
文凭不值草纸钱。

第十何事来希奇？
土匪摇身做专员，
兵匪一家自古多，
我侃国度算第一。

03.　刮民党真糟糕

　　"刮民党"，真糟糕，
　　上海外围修碉堡，
　　他说为了打日本，
　　又抓壮丁要钞票，
　　挖战壕筑碉堡，
　　卢柴陷阱四周烧，
　　碉堡修得勿勿少，
　　日本人一来他先跑，
　　大头金条满腰包，
　　丢下百姓受煎熬。

04. 东洋乌龟贼棺材

麻子麻盼，挑副糖担，
挑到江湾，盼盼湾湾，
我的新房子五开间，
五色玻璃装了一转弯，
鱼吃粥来肉吃饭。
东洋乌龟甩炸弹，
害得我现在用的毛竹筷，
吃的麦粞饭，
挑副糖担，
三块铺板，
无衣无被的日脚，
实在难熬下来，
恨只恨，怪只怪，
东洋乌龟贼棺材，
害得我妻离儿子散。

05. 苏州河上鬼门关

苏州河上关连关，
连连三十八道关，
过关好比过火海，
关关都是鬼门关。

06. 打起仗来朝后走

高统皮鞋黄军装，
嘀冬嘀冬走街上，
大鱼大肉吃不够，
打起仗来朝后走。

07.　麻雀战

叽叽叽，喳喳喳，
麻雀战斗笑哈哈。
鬼子来了我打他，
打不过他我飞啦。

08.　扫帚星

天上有个扫帚星，
地下有个韩德勤，
多少鬼子不去打，
专打咱们新四军。

09.　上海大劫收

河里飘来的，不如地里滚来的；
地里滚来的，不如天上飞来的；
天上飞来的，不如地下钻出来的；
地下钻出来的，不如坐着不动的。

10.　嘲"剿匪"诗

"匪"至兵先去，
兵来"匪"失踪。
可怜兵与"匪"，
何日得相逢？

二、上海红色讽刺歌谣 ★ 导 读

中国讽刺歌谣历史悠久。相传，夏朝的末代君主夏桀不仅荒淫无度，而且极其残暴。他自比太阳，认为自己的统治会永世不竭，民众因此创作歌谣讽刺说："时日曷丧，予及汝皆亡"，意思是：你这个太阳什么时候消失呢？我们宁可与你一道灭亡。古代的讽刺歌谣又被称为"怨谣"，主要表达民众对不良现象和施政人物的不满。先秦时期就产生了不少讽刺歌谣，比如《左传·襄公四年》载：邾国与莒国联合伐鄫。鄫为鲁国的附属国，贵族将军臧孙纥受鲁襄公的派遣去支援鄫国，在狐骀打了败仗，造成巨大损失。鲁国民众就创作了一首歌谣讽刺他："臧之狐裘，败我于狐骀。我君小子，朱儒是使。朱儒朱儒，使我败于邾。"歌谣中将臧孙纥称为"朱儒"。朱儒即侏儒，本指身材矮小之人，这里借以讽刺臧孙纥的无能。《诗经》中保存了大量的讽刺歌谣，比如《伐檀》就讽刺了不劳而获的贵族："坎坎伐檀兮，置之河之干兮，河水清且涟猗。不稼不穑，胡取禾三百廛兮？不狩不猎，胡瞻尔庭有县貆兮？彼君子兮，不素餐兮！"在河边伐木的劳动者责问贵族为何不劳动也能谷物满仓，为何不狩猎也有猎物挂满庭院，并讥讽说他们都是君子，不白吃闲饭。

虽然讽刺歌谣的作者大多为民众，但因为观风制度的存在及其遗风，不少古代讽刺歌谣被视作历史的一部分被史官记录下来。比如《南史》卷五《齐废帝东昏侯纪》就记录了民众讽刺南朝齐国废帝萧宝卷的一首歌谣："阅武堂，种杨柳。至尊屠肉，潘妃酤酒。"萧宝卷是中国历史上著名的昏君之一。他所做的荒唐事、禽兽事太多，以至于《南齐书·东昏侯本纪》说他的恶行就是将楚地、越地的所有竹子都砍伐了做成竹简也写不完。歌谣里记录了一件荒唐事：萧宝卷下令把用来检阅军队的阅武堂改建为芳乐苑，并在不适宜植树的酷暑中让人种树。朝种夕死，死而复种，但依然没有一棵树活下来。于是他便下令到民间去掠夺，只要看到人家院子里有树，就拆墙移走。芳乐苑建好以后，萧宝卷命人在其中设立了市场，与后妃、宫人一起玩起了做买卖的游戏。萧宝卷的宠妃潘妃充当市令，萧宝卷自己担任市吏录事。他还开渠立埭（即土坝），在埭上开店，自己充当屠夫，让潘妃卖酒。

当然，靠口耳相传的歌谣留存下来的很少，我们今天还能见到的古代讽刺歌谣更多的是被文人、艺人等以小说、曲艺脚本等形式记录下来的。比如《水浒传》第十五回中，白胜就唱了一首宋元时流行的歌谣："赤日炎炎似火烧，野田禾稻半枯焦。农夫心里如汤煮，公子王孙把扇摇。"盛夏酷暑时节，禾苗因为长久的干旱几乎枯死。农夫焦心如焚，公子王孙们却悠闲地摇着扇子纳凉。这首歌谣不仅反映了农夫的困苦，更讽刺了贫富不均的现象和不知民间疾苦的贵族。元曲中有一首《醉太平》，曰："夺泥燕口，削铁针头，刮金佛面细搜求。无中觅有。鹌鹑膆里寻豌豆，鹭鸶腿上劈精肉，蚊子腹内刳脂油。亏老先生下手！"该曲以夸张的手法，讽刺了搜刮者的贪婪。

古代讽刺歌谣和现代讽刺歌谣具有一些共同特点，比如直指矛盾、幽默地揭露问题；又如抒发的都不是个体的情怀，而是传达了时代的情绪；还比如它们揭露的不是个别的、偶然的现象，而是鞭挞了普遍存在的社会不平等。

鸦片战争以后，在腐败的清政府与西方列强的双重压迫之下，江浙、安徽、山东、湖北等地民众的生活遭到巨大破坏，大量农民、手工业者破产，不得不流入上海求生。此时正是上海近代工业崛起之时，他们成为上海最早的产业工人。产业工人是上海城市建设的新兴力量，遭受了来自外国资本家和本国工头恶霸的双重压迫。这些压迫是前所未有的，产业工人们因此创作了讽刺歌谣表达自己愤愤不平的情绪。

　　上文所选的《水厂工人歌》就反映了产业工人备受压迫的现实和不甘于受压迫的心理。这是一组短小的歌谣，其中第一首《恶头脑》和第二首《走狗》以类比的方式讽刺了水厂的英国老板及其雇用的工头。此处的水厂指的是上海第一座水厂——英商上海自来水公司（杨树浦水厂），建于19世纪80年代。该水厂在20世纪初成为远东第一大水厂，旧址位于今杨浦区杨树浦路。当时，自来水厂的英国老板及其雇用的工头对水厂的工人们进行了极其残酷的剥削与压榨。比如为了尽可能抓紧时间进行生产，英国老板将冲洗沉淀池的时间安排在供水淡季的寒冬。水厂工人不得不站在刺骨的冰凌中冲洗积泥，免不了被冻伤，而英国老板则站在不远处楼房的阳台上用望远镜监视工人的劳动。资本家对工人的管理是通过工头实施的，当时水厂的大工头是陈进发。陈进发是旧上海代表外国资本家欺压、剥削工人的众多工头的代表，工头们是资本家的走狗和打手，他们面对工人趾高气昂，面对资本家点头哈腰。工人将天上最坏的九头鸟与工头进行类比，而英国老板则被认为比三个工头还坏。第三首《不及老板一条狗》是工人的自嘲。当时，水厂的英国老板养着两条狗，并且雇用了为狗做饭的厨师、为狗看病的兽医。狗死之后，老板还为狗修坟立碑。作为宠物的狗没有给水厂做过任何贡献，却得到了这样待遇，而工人们每日为水厂流汗流血，到头来还不及一条狗过得好，只能自嘲。

　　划定租界也对上海近代历史产生了重大影响。1845年11月29日，英国领事与上海道台签订了《上海土地章程》，并据此设立了上海第一块租界——英租界。此后，美租界、法租界纷纷设立。后来，英美租界又合并为公共租界。租界的设立，客观上造成了上海的畸形繁荣，对上海和中国近现代历史都产生了深远的影响。作为"国中之国"的租界，本身就是恃强凌弱的不正常产物，因此租界内外的许多现象也难以用常理去看待。《希奇歌》就讽刺了畸形的旧上海诸多奇怪或不合理现象，其中列举了十件希奇事，比如飞机进民房、龙华塔部件失窃、巡捕捉妓女、轮船闯入茶馆、印度巡捕唱京戏、老太长胡须、博士街头乞讨、土匪摇身变专员等。但因为时间已久，歌谣用语简短而隐晦，这些希奇现象的实际内涵已经很难推知。此谣以方言创作，使用了很多俚语，比如"红头阿三"。"红头阿三"是当时上海人对公共租界中印度锡克教徒巡捕的称呼。称其"红头"是因为这些印度巡捕常常佩戴红色头巾，而"阿三"的来源大约与印度巡捕说话常以英语的"I say"开头有关。这些方言俚语的使用，表面上显得活泼有趣，但诙谐幽默的语言却掩盖不住"人为刀俎，我为鱼肉"的乱世悲凉。

除了法租界与公共租界之外，日本帝国主义在上海也窃据了一席之地。虽然上海从未正式设立过日租界，但在虹口一带却有日侨居住地和日本占领区，其实与租界相差不大。1932年《淞沪停战协定》签订以后，上海被划定为非武装区，中国军队不能驻扎，仅有上海警察总队与江苏保安总队两个团维持上海及其周边的地方治安，而日本则大肆驻军，上海由此成为日军侵华的重要基地。此后的1934年至1936年，国民政府在上海至南京、上海至杭州之间修筑了不少防御工事，还任命张治中为京沪警备司令，秘密主持、制订作战计划。可惜这些工事在后来的淞沪会战中基本没有发挥什么作用。《刮民党真糟糕》便是一首在此背景下产生的讽刺歌谣。歌谣不长，讽刺的内容却十分丰富，首先讽刺了国民党军队只能在上海外围修建防御工事的无能行为；其次讽刺了国民党对民众的盘剥，称其为"刮民党"；最后讽刺了国民党军队的逃跑行为，他们逃跑时还不忘带上搜刮民众的财物，是名副其实的"刮民党"。

1937年淞沪会战失败后上海沦陷，远东第一大都市上海开始了长达八年的沦陷时期。日本侵略者的高压统治和剥削在上海民众的集体记忆中留下了深刻的印记，也促使他们创作了诸多讽刺日本侵略者的歌谣。比如《东洋乌龟贼棺材》以日军入侵上海前后民众生活的变化为线索，反映了民众对日本侵略者的控诉与讽刺。日军占领上海前，上海民众生活较为安定，歌谣的主人公曾是换糖担的货郎，因勤劳致富，在江湾盖起了装着五色玻璃的五开间新房，饭桌上有鱼有肉，屋里有妻有子。但日军入侵上海时，所投炸弹炸毁了很多民房，不少百姓妻离子散、流离失所，生活困顿不堪，歌谣的主人公也沦落到只能用毛竹筷吃麦粞饭的地步。麦粞饭也称麦屑饭，是用带壳的麦粒直接磨为麦屑所煮的饭。食麦饭在江浙一带是贫困的象征，更不用说食用不脱壳的麦屑了。为了表达愤慨，民众将造成他们悲惨命运的日本侵略者斥为"东洋乌龟贼棺材"。

　　侵占了上海的日本侵略者为筹集战争经费而大肆掠夺。一开始，用于掠夺物资的无币值军用票还没有大量印行，日军掠夺的重点在搜掠现钞上。他们搜刮现钞的方法无所不用其极，比如上海沦陷之初，日本士兵曾进入各处民房、商铺直接搜抢，与强盗无异。又比如日军在各水陆交通要道设立关卡，以诸多名目掠夺民财。《苏州河上鬼门关》就是一首反映日本水上宪兵队在苏州河上设立关卡，盘剥民众血汗的歌谣。此谣短小精悍，仅有四句，却运用了暗喻、类比等修辞手法，巧妙地讽刺了重重关卡带给民众的沉重负担。"苏州河上关连关，连连三十八道关，过关好比过火海，关关都是鬼门关"。鬼门关本是传说中阴曹地府的一个关隘，为阴阳二界交界之处，也意味着死亡的边缘。虽然因为缺乏具体的记录，我们对于当时日本宪兵设立关卡的细节并不了解，但通过这首短小的歌谣，我们依然可以体会到当时民众通过日军关卡时面临的危险：

不仅财物常常受损，一不小心还要赔上性命。

由于日军的入侵，中国大片领土沦丧，中华民族陷入了前所未有的危机中。在此背景下，国共开始了第二次合作，抗日民族统一战线形成。当然，全民抗战的历史上不只有团结抗日、英勇无畏的事迹，也有争权夺利、贪生怕死的情形，后者成为歌谣讽刺的重要对象。《打起仗来朝后走》《扫帚星》《麻雀战》就是三首讽刺国民党军队的歌谣。《打起仗来朝后走》中的"高统皮鞋黄军装"是抗日战争时期国民党中央军的服制，他们装备精良，物资充裕，但依然有不少贪生怕死之辈，因此被民众讽刺为"大鱼大肉吃不够，打起仗来朝后走"。《麻雀战》与此类似，以麻雀比喻那些不能认真抗战、坚持抗战的国民党军队，认为他们将对日斗争当作儿戏。《扫帚星》以抗战时期任国民党鲁苏战区副总司令、国民党江苏省主席的韩德勤为讽刺对象。韩德勤曾率军在苏北地区抗战，但也曾对同为抗日武装力量的新四军进行过攻击，并被新四军俘虏。此歌谣对韩德勤破坏抗日民族统一战线的行为进行了讽刺。在八年的全面抗战中，上海基本处于沦陷中，因此这三首讽刺歌谣可能并非产生于上海，而是来自上海周边，比如距上海较近的苏北抗日根据地。这些歌谣在上海的广泛流传，说明即使在沦陷区上海，民众的爱国抗日之情也始终高涨。

抗战胜利后，国民政府向收复区派出了各路接收大员。这些大员们各出奇招，挖空心思抢劫胜利果实。《上海大劫收》就是对此种景象的讽刺。"河里飘来的"指乘船而来的接收大员，"地里滚来的"指乘车而来的接收大员，"天上飞来的"指乘飞机而来的接收大员，"地下钻出来的"指曾经潜藏的特务变成了接收大员，"坐着不动的"指汉奸摇身一变成为接收大员。最后一种令人难以置信，但它的确真实发生过，典型代表就是周佛海。周佛海曾经是汪伪政府的第三号人物，日本投降后，大汉奸周佛海因早已与蒋介石集团勾结而被任命为上海行动总队总队长，全面负责上海的接收工作。

抗战结束后，因国民党背信弃义，中国又很快陷入全面内战的战火之中。在战争初期，国民党军队在数量和装备上占据明显优势。1947年夏，刘邓大军开辟大别山根据地后，人民解放军转入战略进攻阶段。南京政府为了加强对解放军的作战，扭转被动局面而在重要战略地区设立了"剿匪"总司令部。国民党军队对各解放区都进行了大规模的军事进攻。《嘲"剿匪"诗》就诞生于这样的历史背景下。当然，歌谣不是史料，并不能反映当时真实的斗争情况，但却以生动的语言表达了上海民众对共产党所领导的军队的认同，以及对国民党军队的讽刺。

歌谣的分类　按照不同的分类逻辑，歌谣的分类方法有多种，有按题材分类的，有按体裁分类的，有按歌谣所属民族分类的，有按歌谣产生地区分类的，还有按照歌谣产生的年代分类的，这里主要介绍题材和体裁两种分类方法。从题材的角度，根据歌谣的内容、使用场合与对象等不同，可以将歌谣分为劳动歌谣、时政歌谣、生活歌谣、仪式歌谣、情歌与儿歌等数种。本书选取的红色歌谣均属于时政歌谣。从体裁的角度，根据歌谣音乐形态特征的不同，可以将歌谣分为劳动号子、山歌、小调三大类。

山歌　山歌是在山野、田间等户外劳动过程中产生的民间歌谣，因此又被称为"山野之曲"。山歌不仅具有浓郁的山野、田园气息，而且是普通民众宣泄情感、传情达意的重要工具。因为在户外演唱，山歌一般曲调高亢，节奏自由，感情质朴而奔放。山歌是最有地方特色的歌谣体裁，陕北的信天游、山西的山曲、青海的花儿、江西的兴国山歌等都是当地山歌。

问答体歌谣　问答体歌谣，顾名思义是采用一问一答的形式构成的歌谣。问答体歌谣因问作答，形成重叠的形式，一般一问一答为一节，往往数节构成一首。不少问答体歌谣采用连锁或递进的方式组织问答，因此往往能蝉联而下。本书所选的《希奇歌》就是一首连锁式的问答体歌谣。

尖锐深刻的
红色揭露歌谣

揭露歌谣与讽刺歌谣类似，都具有针砭时
弊、揭露压迫剥削、批判社会黑暗现实的功
能。但两者也有着清晰的分野，揭露歌谣的
表达方式直接，而讽刺歌谣的表达方式比较
隐晦。揭露歌谣因为采用了直接的表达方式
而容纳了较为丰富的内容，因此揭露歌谣中
篇幅较长的较多。

第 三 章

一、上海红色揭露歌谣 ★ 欣 赏

01.　　美国强盗到上海

美国强盗到上海，
身披一条破布毯，
纸包树叶当雪茄，
手挟洋枪两边摆。
开口"米斯"①长呀，
闭口讲"OK"。
假货充真货呀，
烂泥当宝贝。
逼着一批洋奴才，
替伊②把洋货堆。

美国强盗到上海，
发了一笔大洋财，
买进地皮造洋房，
进出又把汽车开，
开口"米斯"长呀，
闭口讲"OK"。
国货改洋货呀，
样样有"爱司A"③。
赚来一批黄金条，
运回旧金山。

---

① 米斯：英语单词Miss的音译，意思是小姐。
② 伊：方言，即他。
③ 爱司A：指美国简称USA。

美国强盗到上海，
扶助蒋光头登上台，
洋枪洋炮运进来，
枪口对着百姓开，
开口"米斯"长呀，
闭口讲"OK"。
公园去霸占呀，
华人勿能来。
这种社会不公平，
一定要推翻。

02.　　　**闹他个红旗满天**

辣椒当盐，
豆腐过年，
一条裤子穿他几十年，
团总还来派捐，
还真是鬼世人间！

要命有命，
要钱没钱，
一条老命拼他几十年，
加入工农红军，
闹他个红旗满天！

03.　说东洋

说东洋，道东洋，
东洋鬼子太强横。
飞机大炮机关枪，
不是杀，便是抢。
说东洋，道东洋，
东洋鬼子害㑇①无家乡。
多少孩儿没爷娘，
多少百姓逃四方！

---

① 㑇：方言，即我们。

04.　　　保我中国兴

我们中国真危险，
日本大调兵，侵略中国境，
开大炮，杀百姓，
一刻也不停。

百姓的性命像蚂蚁，
财产劫得干干净，
帝国主义、汉奸走狗勾结害人民，
全国老百姓，大家要认清。

日本狗，真凶狠，
拼命欺华人，
抢去中国地，一省又一省，
我伲①中国人，大家要翻身，
团结起来，打倒日本，
保我中国兴。

---

① 我伲：方言，即我们。

05.　上海战事

世界繁华，上海独占，
东洋倭奴，生性凶残。
辽东三省，拨俚^①糜烂，
杀人放火，损失亿万。
贪心不足，肆无忌惮，
要占上海，通商口岸。
东洋开来，飞艇炮舰，
海陆军队，全数上岸。
一月廿八，忽起祸患，
闸北虹口，吴淞江湾，
同时开火，地方炸烂，
惨无人道，四面掷弹。
火光满天，直冲霄汉，
商务书馆，文化机关，
几个炸弹，拨俚烧完。
十九路军，奋勇应战，
"铁军"两字，名不虚传。
司令指挥，前线督战，
为国牺牲，个个勇敢，
大刀军队，刀光闪闪，
冲锋猛进，肉搏巷战。
打落飞艇，击沉炮舰，

---

① 拨俚：方言，即被它。

铁甲炮车，步枪子弹，
拨勒我伲，夺去无算。
日兵一见，魂飞魄散，
连吃败仗，逃回兵舰。
外人看见，大家称赞，
中国战士，真正勇敢。
日兵领事，假意停战。
市府答允，三天期限。
背信失约，仍旧挑战，
大炮猛轰，到处掷弹，
租界里面，亦有流弹。
格种举动，阿要坍台[①]？
华租两界，特别戒严。
铁丝电网，到处扎满，
走投无路，交通阻断，
市面恐怖，人心慌乱。
商家罢市，排门随关，
伙计倒霉，碰着年关，
进账毫无，愁眉不展。
上海市民，三百多万，
男女老幼，立刻逃难，
拖儿带女，大哭小喊，
箱子铺盖，到处轧满，
路上挤散，阿要凄惨？

---

① 阿要坍台：方言，是否要丢脸的意思。

最是苦恼，平民小贩，
家无宿景，大哭小喊，
生意呒不，铜钿难赚。
虹口一带，真正凄惨，
便衣军队，到处扰乱。
马路浪厢，死尸摊满，
杀人放火，畜生手段。
拿我同胞，捆上驳船，
载到吴淞，甩落海滩。
诸公不信，报纸翻看，
精诚团结，抵制摧残。
希望同胞，奋起救国，
总有一天，挽救国难。

06.　控诉日寇歌

冬去春来百花青，
各乡逃难苦处说不尽。
三月廿七嘉定来了东洋兵，
一直要到娄塘镇。
娄塘镇上各位老板妈妈小姐们，
看见日本兵交交关，
半夜三更敲大门，
全家老小吓得活不成。
脚小伶仃难出门，
抛弃人家①就动身，
跑得一日一夜一黄昏，
刚刚跑到上海城。
脚底下大泡小泡密层层，
脚跟上痛得吭道成。
一家人家②四散开，
就比要好夫妻两分开。

---

① 人家：方言，即家当。
② 人家：这里指家人。

07. 抗日时期上海二三事

望里头看来望里头张^①，

要看上海几花闹猛^②，

嗨嗨过来望里看来，

嗨嗨过来望里张，

霓虹灯红红绿绿锃锃亮，

跳舞场蓬哧哧敲得响，

发财人吃了还要吃，

穷人叫饿又叫冷。

望里头看来望里头张，

要看到平籴^③排队十几丈，

嗨嗨过来望里看来，

嗨嗨过来望里张，

西北风里立得嗦嗦抖，

还要遭木棍满头打，

含住眼泪买平籴，

一眼眼^④碎米要一只洋。

---

① 张："看"的意思。
② 几花闹猛：方言，指很热闹。
③ 平籴：本指古代官府在丰年按平价购粮储存，以备荒年出售。这里指日本侵略者打着平价米的幌子强卖高价米。
④ 一眼眼：指很少。

望里头看来望里头张，

要看到奸商囤货堆得山样高，

嗨嗨过来望里看来，

嗨嗨过来望里张，

投机倒把黑心肠，

混水里摸鱼勿算硬，

终日呒啥①好下场呀，

投机失败要吃手枪。

_____

① 呒啥：方言，即没有什么。

　　　　　　　　　　　　　　　　第 三 章

08. 抗战花名

正月梅花是新春，
东洋赤佬起黑心，
兵舰来仔密层层，
东海战争要发生。

二月杏花日春分，
东洋兵舰海中停，
兵舰上面排大炮，
飞机下面炸弹扔。

三月桃花是清明，
国民党军队无道成[①]，
不打东洋想逃跑，
捣乱田头老百姓。

四月蔷薇立麦春，
好田若脱[②]无救星，
田里生活做勿成，
一日到夜壕沟登。

---

① 无道成：指孩子过度顽皮，不明事理，这里指国民党军队不会打仗。
② 若脱：即着脱，指焚烧毁掉了。

五月石榴像钟铃，
国民党军队连夜拔干净，
汉奸消息探得清，
马上报告东洋人。

六月荷花伏中心①，
东洋乌龟得知音，
赤佬爬起河塘②顶，
预备连夜要冲营。

七月凤仙是秋景，
东洋鬼子实在凶，
雄鸡雌鸭剥皮吃，
杀人放火奸女人。

八月桂花朵朵金，
鬼子最怕新四军，
处处竹园砍个光，
枪篱打得密层层。

---

① 伏中心：指二伏。
② 河塘：实际上是海塘，这里特指钦公塘。

第 三 章

九月菊花黄澄澄，
汉奸翻译勿是人，
百姓面上敲竹杠，
牛羊猪犬抢干净。

十月芙蓉应小春，
苏联红军出了兵，
东洋强盗吃败仗，
连忙投降讲和平。

十一月水仙叶头青，
虏仔交关东洋兵，
洋枪洋炮全缴下，
强盗变成活死人。

十二月腊梅花香喷喷，
收回江山定太平，
月月花名多粗糙，
句句表的抗战情。

09.　　十更调

一更里来一记锣，
前方胜利庆和平。
苦则苦，东洋鬼子，日本赤佬，
穷凶极恶，
八年神气一旦无，
眼泪汪汪望神户。

一更敲过到二更，
美国盟军出风头。
战胜国，高扎牌楼，挂灯结彩，
发发传单，
放放炮仗来欢呼，
赛过一场春梦做。

二更一过三更来，
敌伪势力全推翻。
汉奸们，狐假虎威，丧心病狂，
出卖灵魂，
害杀同胞交交关，
天理昭彰报应来。

四更里来天将明，
汉奸恶贯已满盈。
到现在，东面检举，西面揭发，

走投无路，
吭没地方来藏身，
万贯家财送别人。

五更鸡叫天明亮，
陈逆公博老色狼。
到上海，临时警戒，马路封锁，
矮子保护，
一辆汽车屙黑雾，
当初威风今呜呼。

五更一过六更早，
美国货色来倾销。
新花样，原子普吉，玻璃木梳，
罐头盒子，
马路摊头到处摆，
拔直喉咙拼命叫。

七更里来乌云多，
接收大员有财路。
敌逆产，充公下来，中饱私囊，
封条一扯，
改头换面手脚做，
人人五子来登科。

八更里来月亮圆，
美国盟军到处窜。
美国兵，横行不法，沈崇事件[①]，
全国哗然。
公开审判装装样，
偷偷上了美国船。

八更过去到九更，
吉普卡车真害人。
马路上，横冲直撞，其快如飞，
撞杀仔人，
还要讲侬勿当心，
凶狠不输东洋人。

十更里来曲唱完，
奉劝热血同胞们。
夜里厢，垫高枕头，
啥个世道，好好思忖。
八年离乱吃尽苦，
赶走豺狼虎进门。

---

① 沈崇事件：沈崇是北京大学先修班女生。1946年12月24日夜，沈崇途经
东单时，被美国海军陆战队士兵强奸。此事在全国激起强烈反响，北京、
天津、上海等地爆发了共有50万学生参加的抗议活动，并得到社会舆论
的广泛支持。

10. 他就讲你是共产党

兄弟姐妹喜洋洋，
要把旧上海的故事讲，
过去蒋帮把住上海滩，
一天到晚把物价涨，
家里时常没得粮，
整天整夜把工作想，
倒头①生活没保障，
老百姓怨声载道人心晃，
如若要把道理讲，
他就讲你是共产党。

---

① 倒头：方言，即倒霉。

二、上海红色揭露歌谣 ★ 导 读

先秦时期就已经出现了不少揭露歌谣，《诗经》中就收录了揭露周厉王与周幽王残暴统治的数十篇歌谣。到了秦朝，秦始皇不顾百姓承受能力的修驰道、筑长城、建宫殿、修陵墓等引起了百姓的极大不满，由此也集中产生了一批揭露歌谣，其中的不少几乎就是直接的咒骂。南朝宋的《异苑》中记录了一首《秦世谣》，曰："秦始皇，何强梁！开吾户，据吾床。饮吾酒，唾吾浆。飧吾饭，以为粮。张吾弓，射东墙。前至沙丘当灭亡。"这是一首揭露加诅咒的歌谣，不仅揭露了秦始皇的暴政，更预言了他将灭亡的结果。相传，秦始皇焚书坑儒后，觉得也不能放过孔子，于是在出巡途中挖了孔子墓，想寻找儒家经传，谁知墓开启后却发现此谣刻在墓室的石壁上。此谣引起了秦始皇的警觉，他下令绕开沙丘而行。有一日，出巡的队伍遇到几个玩沙子的孩子。秦始皇问他们在做什么，孩子回答说："造沙丘"，于是秦始皇就在此地病死了。当然，这仅是民间传说，不是真实的历史。类似揭露秦暴政的歌谣还有很多，比如晋代《物理论》、宋代《太平御览》等文献记载说：秦始皇在骊山建造陵墓，派将军蒙恬修筑长城，大量民工死于这些沉重的徭役。因此当时有民谣曰："生男慎勿举，生女哺用脯。不见长城下，尸骸相支拄。"此谣与民间一贯的重男轻女思想不同，告诫民众说生了儿子不用养大，生了女儿要精心喂养。为什么呢？因为徭役沉重，儿子即使养大了也免不了要变成长城下的骸骨。

揭露歌谣往往在社会矛盾激烈的时候集中出现，比如元末。江南原处南宋统治下，按照元代四等人的划分制度，江南民众被划为最低等的"南人"，饱受欺压。而江南地区又被元朝官员视为敛财的好去处，江南民众被迫承受着种种压迫剥削。陶宗仪曾在《南村辍耕录》中记录了不少当时的揭露歌谣，比如"奉使来时惊天动地，奉使去时乌天黑地，官吏都欢天喜地，百姓却啼天哭地"。"奉使"是元廷为缓和社会矛盾而派出的"宣抚使""肃政廉访使"等大臣。但这些官员不仅没有去纠察官吏贪污，查问民间疾苦，反而与地方官吏狼狈为奸，加重了对民众的盘剥，导致社会"乌天黑地"、民众"啼天哭地"。

元末还有一首南北都流行的政治歌谣《醉太平小令》，曰："堂堂大元，奸佞专权，开河变钞祸根源，惹红巾万千。官法滥，刑法重，黎民怨。人吃人，钞买钞，何曾见。贼做官，官做贼，混贤愚，哀哉可怜！"当时，丞相脱脱为解决经济危机而主持了钞法变革，让钱钞并行，意在掠夺民间财富。钞法变革造成货币的极度混乱，钞币信用下跌，引起社会动荡。同时，黄河决口，河南以北大片土地和民众遭受水灾。都漕运使贾鲁倡议对黄河进行彻底整治，但工程的艰巨超过了社会承受能力，民众怨声载道。钞法变革与黄河整修的民工征发成为元末农民起义的导火索。《醉太平小令》就是对此时期社会矛盾的揭露。当时在浙江一带起义农民中还流行着这样一首民谣："天高皇帝远，民少相公多。一日三遍打，不反待如何。"这完全可以视作为农民起义的号召了。

到了晚清，封建统治已经处于危机四伏的状态，官场黑暗腐朽，农民流离失所，社会生产衰败。而清朝统治者对帝国主义的妥协和献媚又引狼入室，更加激化了社会矛盾，大量揭露歌谣应运而生。比如北京城中曾流传这样一首歌谣："前门开，后门张。前门引进虎，后门又进狼。不管虎与狼，终朝每日铛铛铛！"[1] "虎"与"狼"都指的是列强，"铛铛铛"指的是清朝官员出行时鸣锣开道的

---

[1] 《京中童谣》，选自商礼群著《古代民歌一百首》，上海古籍出版社，1979年版，第129页。

声音。清廷统治者签订了丧权辱国的条约，却丝毫没有愧疚之心与警醒之意，依然对民众耀武扬威，官员们出行时照旧鸣锣开道，无耻至极。

进入上海的列强纷纷设立租界，以各种方式搜刮百姓的钱财。《美国强盗到上海》揭露了美帝国主义和资本家的无耻行径。他们初到上海时，用假货与劣货迅速占领了上海市场，并由此发了横财。他们用这笔钱买地造房，过上了豪奢的生活。他们还利用民众对洋货的崇尚心理，把国货贴牌改造为洋货，如此赚取的黄金被源源不断地运回了美国。美国殖民者不仅在经济上侵略中国，还对中国内政横加干涉，并在20世纪20年代扶持蒋介石政府作为其代言人。美国资本家虽然从中国攫取了巨大利润，但根本瞧不起中国人，他们建造的公园明令禁止华人入内，这样明显的剥削与歧视引起民众的不满："这种社会不公平，一定要推翻。"

30年代，在上海民众还处于列强的欺压中时，在江西、湖北、广东等地已经出现了中国共产党领导的人民军队——中国工农红军。工农红军是中国人民自己的武装力量，在党的领导下进行反帝反封建与反对国民党反动派的战斗，赢得了各地民众的支持。《闹他个红旗满天》反映的就是贫苦民众不堪国民党反动派及其军队的欺压，愤而加入工农红军，走上革命道路的过程。此歌谣诞生于湖北、湖南地区，在湖北的五峰、长阳与湖南的江永等地流传着不少此谣的异文，而且"辣椒当盐，豆腐过年"的描述也符合湖北、湖南地区民众的饮食习惯。我们可以想见，此谣诞生后在红军士兵及根据地民众中广泛流传，后来传播到上海，因为其中反映的反抗压迫剥削的内容受到上海民众的认同而在上海本地流传开来。

日本帝国主义对中国的侵略给中国人民留下了异常深刻的集

体记忆。在日军入侵上海前，日军对东北与华北的侵略暴行就引起了上海民众的愤怒。《说东洋》与《保我中国兴》两首就是在九一八事变之后产生与流传的揭露歌谣。《说东洋》主要描述了日本侵略者的侵略暴行，以及由此造成的民众妻离子散、家破人亡、流离失所的悲惨境况。"多少孩儿没爷娘，多少百姓逃四方！"这样的语句，与被誉为"流亡三部曲"之一的抗日歌曲《松花江上》何其相似。《保我中国兴》分为三段，以层层递进的结构，不仅揭露了日本帝国主义侵略中国领土、屠杀中国同胞的暴行，还揭露了日本侵略者与汉奸相互勾结残害民众的恶行，而且号召中国人民团结起来打倒日本帝国主义。这首歌谣明显体现了抗日民族统一战线的精神，可能曾被用以宣传抗日民族统一战线。而从"伲""我伲"等方言的运用来看，这两首歌谣明显出自上海民众之手，是典型的上海抗日歌谣。

九一八事变后，日本关东军为了掩饰他们炮制伪满洲国傀儡政府的阴谋，转移国际视线，蓄意在上海挑起事端，制造了一·二八事变，淞沪抗战由此拉开序幕。《上海战事》就是一首揭露日本帝国主义制造一·二八事变罪行的歌谣。《上海战事》不是一首通常口耳相传的歌谣，而是街头艺人表演的说唱歌谣——小热昏，所以与其他歌谣相比，明显具有篇幅较长、内容丰富、表现手法多样等特征。《上海战事》不仅按照时间顺序描述了日本侵略者进攻上海、十九路军奋起抵抗的过程，还记录了日军炮火下上海城市遭受的巨大破坏，记录了上海市民的悲惨处境及遭受的非人虐待。著名的商务印书馆被日军炮火炸毁，东方图书馆也被焚烧，后又遭到劫掠。淞沪一战对中日双方军队来说都不能算是胜利，但日军炮火使上海社会和上海民众遭受的巨大损失却是事实，正如歌谣中所唱："交通阻断，市面恐怖，人心慌乱。"底层民众不得不扶老携幼匆忙逃离，"男女老幼，立刻逃难，拖儿带女，大哭小喊，箱子铺盖，到处轧满，路上挤散，阿要凄惨？"而身处虹口等日占区的中国民众更是遭受了前所未有的厄运，"马路浪厢，死尸摊满，杀人放火，畜生手段。拿我同胞，捆上驳船，载到吴淞，甩落海滩"。

《控诉日寇歌》也是一首揭露淞沪抗战期间日军暴行的歌谣，流传于嘉定的徐行、娄塘等地。由于迟迟得不到蒋介石的增兵，淞沪守军在腹背受敌的情况下不得不在1932年3月2日被迫全线撤退，日军于3月3日占领真如、南翔等地，因此3月3日是嘉定的沦陷日。嘉定的这次沦陷一直持续到《淞沪停战协定》签订以后的5月9日。在两个多月的时间中，日军在嘉定横行无忌，制造了不少惨祸。比如3月3日至4日，日军进犯嘉定县城东门戬浜地区，在此屠戮村民14人，烧毁民房93间、棉籽仓库8间[1]，在嘉定地区造成了极大的恐慌，民众纷纷出逃。《控诉日寇歌》并没有直接描述日军的暴行，而是以民众逃难的行为间接揭露了日军的残暴。歌谣开头使用了对比起兴的表现手法："冬去春来百花青，各乡逃难苦处说不尽。"本应是冬去春来的美好时节，百姓却因为日寇的入侵不得不逃离家园。为了活命，小脚伶仃的女性也踏上了逃难之路。从嘉定到上海县城，步行了一日一夜又一黄昏，"脚底下大泡小泡密层层，脚跟上痛得吭道成"。虽然逃到了上海县，但一家人却四散分离，不知何时才能团聚。

一·二八事变后，日军在上海的势力不断扩大，但彼时上海尚未沦陷。五年之后的八一三事变中，日军大举进攻上海，上海最终沦陷。至1945年抗战胜利的八年间，上海一直处于日本侵略

---

[1] 《日军在嘉定的暴行》，《嘉定报》2005年7月26日科教文卫新闻版。

者的统治之下。《抗日时期上海二三事》就是一首揭露日本帝国主义对上海高压统治的歌谣。此谣借用了叫卖调的形式，共分三段，每段开头反复使用商家招徕顾客的吆喝——"望里头看来望里头张""嗨嗨过来望里看来，嗨嗨过来望里张"，以引起听者的注意。歌谣描述了三种日据时期的常见现象，揭露了日本帝国主义对上海民众的高压统治。第一种现象是繁华热闹掩盖下的巨大贫富差距，"发财人吃了还要吃，穷人叫饿又叫冷"。第二种现象是日本帝国主义打着平价的幌子把高价又劣质的米强卖给百姓，"含住眼泪买平籴，一眼眼碎米要一只洋"。第三种现象是奸商的投机倒把，"投机倒把黑心肠，混水里摸鱼勿算硬"。

　　揭露日本帝国主义对上海民众犯下的罪行是上海红色歌谣中非常重要的主题，《抗战花名》也属于此类，描述了从上海沦陷到抗战胜利上海光复的过程。从形式上看，《抗战花名》采用了民间小调中的"十二月花名"调。该调以一年十二月的时令和开花来起兴，共十二节，但实际反映的内容往往超出十二个月。第一至第六节叙述了日军的进攻与国民党守军的撤退，第七至第九节揭露日军在上海烧杀抢掠的暴行，第十至第十二节反映了日军溃败、抗战胜利的情形。《抗战花名》歌谣篇幅较长，感情色彩浓厚，内容丰富，"东洋赤佬""东洋乌龟""东洋强盗"等表达了民众对日本侵略者极大的愤慨，揭露了他们的无耻恶行；"国民党军队无道成，不打东洋想逃跑，捣乱田头老百姓"等表达了民众对国民党军队的讽刺，揭露了他们对外投降、对内欺压的丑恶嘴脸；"汉奸翻译勿是人"等表达了民众对汉奸走狗的憎恶，揭露了他们的卖国行径；"鬼子最怕新四军，处处竹园砍个光，枪篱打得密层层"等表达了民众对共产党领导的新四军与日本侵略者进行不屈不挠斗争的英勇行为的歌颂。

《十更调》也是一首采用了民间小调形式的红色歌谣，按照从一更到十更的顺序分为十节。《十更调》以抗战后的上海为主要背景，揭露了日军、汉奸、美帝、国民党等势力在上海的各种丑态。以一更起兴的第一节讽刺了日本侵略者战败的丑态，"八年神气一旦无，眼泪汪汪望神户"；以二更起兴的第二节讽刺了美国军队以战胜国姿态的炫耀，"放放炮仗来欢呼，赛过一场春梦做"；以三更、四更起兴的第三节、第四节反映了敌伪、汉奸被清算的下场，"呒没地方来藏身"，"天理昭彰报应来"；以五更起兴的第五节以对比的手法揭露了大汉奸陈公博的无耻行径，暗示了其最终的下场；以六更起兴的第六节揭露了美帝在战后向中国倾销商品，加紧掠夺民财的行为，"马路摊头到处摆，拔直喉咙拼命叫"；以七更起兴的第七节揭露了国民党接收大员们趁机中饱私囊的贪污行为，"改头换面手脚做，人人五子来登科"；以八更、九更起兴的第八节、第九节揭露了美帝的凶狠与残暴，不仅犯下重罪可以逃之夭夭，而且无视中国民众的性命，"凶狠不输东洋人"；以十更起兴的第十节提醒民众警惕"赶走豺狼虎进门"的后果。

抗日战争胜利之后，人民渴望和平，希望迅速恢复和重建生产。但国民党政府却将本该用于建设的资金用于打内战，给中国经济造成了极大破坏。战争的消耗异常巨大，国民党政府的财政收入不足以支撑，因此采取了通货膨胀政策，法币急剧贬值。有统计显示，在1948年1月的上海，150万元法币可以买到一担白米。到了5月，需要580万元法币才能买到一担白米。而到了8月，同样购买一担白米则需要6 500万元法币。在这种情况下，小面额法币还不如废纸值钱，据说当时有一家造纸厂以小面额法币作为原料造纸而获利。法币的迅速贬值、美货倾销、繁重的捐税等诸多因素使上海民族工商业受到沉重打击，大量工厂停产倒闭，上海市民纷纷失业。《他就讲你是共产党》就诞生于这样的背景下。因为通货膨胀太过迅速，上海民众手里的钞票已经买不到粮食，想去工作赚钱却找不到工作。眼看着生存都成了问题，却也只能在心里抱怨而不能讲道理，说一句明白话就可能被指为共产党，轻则蹲牢房，重则丢性命。

小热昏　小热昏是一种形成于19世纪末的曲艺形式，广泛流行于上海、杭州、嘉兴与湖州等地。最早的小热昏是卖梨膏糖的商贩为招徕顾客所唱的歌谣，因为诙谐幽默常常引来众多围观者。早期歌谣内容不少为随口编排的时事，因内容荒唐或讽刺政府往往会引来巡警，演唱者就以"天气炎热热昏头，所唱内容不算数"为借口搪塞，后来这种歌谣就被称为"小热昏"。20世纪20年代，小热昏出现在上海，由于唱词针砭时弊，笑料丰富，很受民众欢迎，对上海滑稽曲艺的发展有过重要影响。

叫卖调　叫卖调是商贩们为招徕顾客而演唱的小调，多流行于各地的城镇。叫卖调在北宋时期已经盛行，宋代的《事物纪原》载："京师凡卖一物，必有声韵，其吟哦俱不同，故市人采其声调，间于词章，以为戏乐也。"宋人还把叫卖调填词，作为俗曲音乐来欣赏。各地叫卖调受当地的语言和流行歌谣的曲调影响较大。不同的叫卖调差异较大，有的叫卖调只是在语言上有所夸张，有的则带有歌唱性，甚至发展为艺术性较高的歌谣。

十二月花名调　十二月花名调是我国广泛流传的民间俗曲曲调——孟姜女调在江南地区的变体。孟姜女调的产生和流传与孟姜女传说的家喻户晓有密切关系，最初的孟姜女调就是用歌唱的方式讲述孟姜女传说。孟姜女调在江南地区形成了鲜明的音乐风格，衍化出了十二月花名调。十二月花名以月为分节单位，将十二月中每月代表性的花作了完整表述，既传授了自然知识，又表达了独特的音乐情趣。

第 三 章

催人奋进的红色革命斗争歌谣

红色革命斗争歌谣是反映共产党及其领导的军队与人民同帝国主义、国民党反动派等反动、敌对势力进行直接斗争的歌谣。红色革命斗争歌谣反映的是直接的革命斗争，表现的是人民为捍卫国家与民族尊严而付出的流血与牺牲，因此是上海红色歌谣中最激动人心、最能唤起革命斗争意志的歌谣。

一、上海红色革命斗争歌谣 ★ 欣 赏

01.　罢工斗争

帝国主义躲在租界上，
用机枪瞄准我俚胸膛；
封建把头横行在工厂，
皮鞭沾满我俚肉浆。

军阀特务躲在黑房子里，
用大刀搁在我俚脖子上；
罢工照样罢工，
打断了胳膊还要撞。

02.　"五卅"忆刘华

正月里来是新春，
刘华本是大学生，
替俚工人谋解放，
用尽心血来指引。

二月里来暖洋洋，
刘华登台来讲演，
无产阶级大联合，
帝国主义心惊慌。

三月里来是清明，
英国强盗胡乱行，
欺侮压迫中国人，
恨得刘华怒火喷。

四月里来蔷薇红，
日本厂主手段凶，
待我工人如牛马，
狠毒打死顾正红。

五月里来是端阳，
南京路上大开枪，
打死同胞无其数，
惨杀无辜破天荒。

六月里来热难当，
工人罢工来抵抗，
刘华同志来领导，
不到胜利不上工。

七月里来秋风凉，
卖国军阀是"奉张"，
下令封闭总工会，
通缉刘华赏银洋。

第 四 章

八月里来雁门开，
孙传芳带兵来上海，
各国领事来接待，
提起刘华过激派。

九月里来是重阳，
刘华被捕入牢房，
即刻解到司令部，
披枷带锁毒刑上。

十月里来小阳春，
字林西报漏风声，
刘华同志遭枪毙，
深更半夜暗执行。

十一月里来雪花飘，
工友闻讯哭嚎啕，
誓为刘华报血仇，
敌人吓得不得了。

十二月里过年忙，
追悼刘华永不忘。
继承烈士未尽志，
人人争当革命党。

03.　上海工人大武装

上海工人大武装，
奉贤农民喜洋洋，
杨啊杨柳青啊，
城里厢，灭官僚，
乡下头，打地主，哎哎哟，
剥削阶级死精光。

剥削阶级死精光，
工农兄弟有福享，
杨啊杨柳青啊，
呒压迫，呒剥削，
勿缴租，勿缴税，哎哎哟，
工农天下红旗扬。

04.　百把镰刀闹革命

农民协会一道令，
百把镰刀闹革命，
红旗飘，银光闪，
威武扬，名声远。

大小土豪和恶霸，
逃到奉城想保命，
农民兄弟团结紧，
拿下奉城有决心。

捣破狗洞截狼窝，
不准他们害百姓，
我们跟着共产党，
红旗插遍奉贤县。

05. 高举农会大红旗

（一）

种田人好比一条虫，
一日到夜趴在田当中，
只有债米无饭米，
只因东家手段凶。

（二）

人心齐，泰山移，
万众一心抗租米。
要吃饭，要活命，
高举农会大红旗。

（三）

七月里野火红啊红，
烧煞田里的白地虫；
农会大旗似火红，
烧煞人间的害人虫。

06.　国土不可侵

高粱叶子青又青，
九月十八来了东洋兵。
先占火药库，
后抢北大营，
杀人放火真是狠。
中国的军队有好几十万，
恭恭敬敬让出了沈阳城。

高粱叶子青又青，
东北各地起了义勇军。
铲除卖国贼，
打倒东洋兵。
中国的人民有四万万，
国土不可侵，
人格不容凌。
外国列强来冒犯，
统统将它消灭净。

07.　打东洋

八一三，
东洋兵，
攻打上海滩。
机关枪，
手榴弹，
杀我同胞交交关。
乒令乓冷响呀！
乒令乓冷响呀！
打、打、打到洋泾浜。
打败东洋鬼，
气煞外国人，
中国得太平！
打倒东洋、打倒东洋杀汉奸，
全国百姓起来救中国，救中国！

08. 军民合作歌

嗨嗬嗨！我们军民要合作！
嗨嗬嗨！我们军民要合作！
你在前面打，
我在后面帮，
挖战壕，
送子弹，
抬伤兵，
做茶饭，
我们流的是血和汗。
大家同心合力干！
嗨嗬嗨！嗨嗬嗨！
打不走鬼子心不甘哪嗬嗨！
嗨嗬嗨！嗨嗬嗨！
打不走鬼子心不甘哪嗬嗨！

09.　四明山

四明山有多少高?

八百里方圆二十里高。

四明山有多少牢?

铜墙铁壁千万道。

四明山用啥格刀?

红布绕头阔背刀。

四明山啥格妙?

专打"皇军"和平佬①。

四明山为谁好?

帮助穷人斗土豪。

四明山谁领导?

共产党里有朱、毛。

---

① 和平佬,指伪军。

10.　五月十三

五月十三，嗨哟嗨哟！
人民军队，嗨哟嗨哟！
浩浩荡荡，嗨哟嗨哟！
开进城呀！嗨哟嗨哟！

反动军队，嗨哟嗨哟！
听见风声，嗨哟嗨哟！
夹了尾巴，嗨哟嗨哟！
溜出城呀！嗨哟嗨哟！

五月十三，嗨哟嗨哟！
嘉定解放，嗨哟嗨哟！
我们人民，嗨哟嗨哟！
真开心呀！嗨哟嗨哟！

从此以后，嗨哟嗨哟！
人民翻身，嗨哟嗨哟！
我们就是，嗨哟嗨哟！
真主人呀！嗨哟嗨哟！

二、上海红色革命斗争歌谣 ★ 导 读

革命斗争歌谣在中国古代已经出现，主要反映的是奴隶与奴隶主或农民与地主之间的阶级斗争。比如《全后汉文》卷四六中就记录了一首东汉末期的歌谣："小民发如韭，剪复生；头如鸡，割复鸣。吏不必可畏，从来（民不）必可轻。"这是一首反映东汉末年黄巾起义的斗争歌谣。东汉末年土地兼并严重，宦官专权，吏治腐败，社会矛盾日趋激化，再加上天灾人祸不断，农民走投无路，只能奋起反抗，并最终导致了中国历史上第一次有组织的全国性农民起义——黄巾起义。虽然统治者对起义的农民军进行了残酷镇压，但农民军的斗争意志却从未消沉，并大声宣称：头发像韭菜一样，割了还能长；人头像鸡头，割了还有别人继起。歌谣表现出农民起义军杀不绝、斩不尽的英雄气概。

古代革命斗争歌谣大多在民众中口耳相传，所以流传下来的很少，现存大多数古代革命斗争歌谣产生于明清时期。比如《于七抗清十二月》是以十二月曲调为形式的诞生于清初的革命斗争歌谣，表现了于七率领的农民起义军抗清的斗争过程："……二月里来百花发，于七造反锯齿牙，四乡民众齐响应，抗清救民勇气大。三月里来开柿子花，县里清兵来镇压，于七领众来抵抗，杀得清兵叫爹妈。四月里来开梨花，顺治皇帝派人查，查后发来了兵和马，层层包围锯齿牙。五月里来开石榴花，双方交战牙山下，声声战鼓激人心，百姓为于七把汗捺……"[①]于七是明末人，籍贯在今山东省栖霞市唐家泊镇，名乐吾，因排行第七故人称于七。清朝初年，民众不仅饱受战乱之苦，也处于清政府的高压统治之下，苦不堪言，武举出身的于七率众揭竿而起，竖起了反清大旗。于七的农民起义军

---

① 《中国民间歌曲集成·山东卷》，中国ISBN中心，2000年版，第852—853页。

以锯牙山为中心，建立了锯牙山、招虎山、鳌山等据点，并曾攻占宁海，活捉当时的宁海知州，开仓赈济百姓。因为起义军影响过大，顺治十八年（1661年），清政府对起义军进行了血腥镇压，到康熙元年（1662年）二月，于七起义因寡不敌众而失败。

清代的革命斗争歌谣流传至今的还有不少，比如反映太平天国起义与黑旗军起义的歌谣。黑旗军起义发生在清末的山东，稍晚于金田起义。当时山东发生灾荒，清政府的横征暴敛使民众雪上加霜，终于激起了民众的反抗，其首领是宋景诗。宋景诗率领的队伍以黑旗为标志，被称为"黑旗军"。黑旗军曾控制过山东、河北交界处的广大平原。反映宋景诗反抗斗争的歌谣至今仍有传唱，山东民歌《宋景诗"造反"》就是其中颇具代表性者："……二月里来龙抬头，宋景诗的人马闹到馆陶。馆陶冠县都反到，黎民百姓开颜笑。三月里来是清明，宋景诗的人马打进城。金银财宝都不要，专为穷人抱不平。四月里来四月十八，宋景诗的人马又往东杀。一杀杀到博平地，杀得狗官人人怕……"

从上述汉末到清末的歌谣来看，历史上的革命斗争歌谣包含坚决的反抗意识、坚定的革命意志和不屈不挠的斗争精神这些共同特点。这些意志与精神在近现代的中国革命中得到了继承和发扬，并逐渐发展出红色革命斗争歌谣。

按照产生时间的先后来看，描述工人斗争的歌谣是最早产生的上海红色革命斗争歌谣。开埠以后，上海迅速成为中国第一大都市和工商业中心，集聚着中国最多的工人，具有开展工人运动的良好条件。1921年7月至8月，早期工人运动领袖李启汉同志领导了上海英美烟厂工人大罢工，这是中国共产党领导下的第一次大罢工。上海英美烟厂的罢工先后有两次，不仅在社会上造成很大影响，还取得了胜利，鼓舞了其后的罢工斗争。《罢工斗争》就是在上海工人罢工斗争中产生的歌谣。歌谣共分两段，第一段描述了上海工人阶级受到帝国主义和封建把头的双重威胁与压迫，不仅生活困难，甚至随时会丢掉性命。工人因此不堪压迫，奋起反抗。第二段描述参与罢工的工人受到军阀的镇压和特务的胁迫，但这些镇压和胁迫并没有打垮工人的斗争意志，反而激起了他们团结一致的反抗意识。《罢工斗争》作为一首能够鼓舞工人阶级斗争意志的歌谣曾广为流传，还可能充当过号召工人奋起斗争的号角。

1925年1月，中国共产党第四次全国代表大会在上海召开，此后上海工人运动迅速发展。此时期工人运动的重点在纺织业。纺织厂是外国资本家，尤其是日本资本家剥削中国工人的重灾区。当时日商在上海开设的纺织厂多达30家，其中内外棉株式会社下属的11家工厂对中国工人的剥削最为严重。根据记录，当时这些纱厂工人的劳动时间每天长达12小时，而女工和童工的日均工资仅有1毛多钱，且吃的是霉饭烂菜，住的是拥挤不堪的席棚，还要忍受大班和工头的无理打骂。1925年2月2日，上海内外棉八厂传出大批青年男工被开除的消息，引发全厂工人罢工。在中国共产党的领导下，此次罢工很快扩展为22家日本纱厂共3.5万多工人参加的大罢工，并且取得了胜利，日本资本家最终被迫接受了工人复工的4项条件。同年5月15日，日商上海内外棉七厂无理由开除工人，打伤10余名工人，打死工人顾正红。顾正红的牺牲成为五卅运动的导火索，在党的组织下，沪西两万多名纱厂工人举行大罢工。他们成立罢工委员会，提出"惩办凶手，承认工会"等要求。此后，学生与各界群众都被发动起来，工人的经济斗争很快转变为大规模的反帝示威运动。5月30日，游行示威的群众在公共租界遭到英国巡捕的开枪射击，当场被打死13名群众，受伤数十人，百余名学生被捕。这就是震惊中外的五卅惨案。此后，在中国共产党的领导下，上海各界为了抗议帝国主义的暴行而举行大规模的罢工、罢课、罢市活动，各地纷纷响应，很快发展为全国性的爱国反帝运动。在五卅运动中牺牲的除了工人、学生之外，还有领导与参与运动的共产党员，比如刘华。

刘华是五卅运动的领袖之一，四川人，1923年进入上海大学附中部半工半读，1924年加入中国共产党。1925年2月，刘华参与领导了沪西纱厂工人大罢工。5月，刘华参与了五卅运动的领导工作，因废寝忘食而积劳成疾。11月，刘华在前往南市公共体育场参加群众大会时被捕，并于12月遭到秘密枪决。《"五卅"忆刘华》就是一首叙述五卅斗争过程，歌颂共产党员刘华的歌谣。该谣采用了十二月调的形式，以时间顺序进行叙述。第1至第4节叙述了两方面内容：一是五卅运动之前帝国主义对工人的剥削和迫害，如"日本厂主手段凶，待我工人如牛马"；二是刘华深入工人群体，鼓舞工人寻求解放的工作过程，如"替伲工人谋解放，用尽心血来指引"。第5节记述了五卅惨案的发生，帝国主义"打死同胞无其数，惨杀无辜破天荒"。第6节描述了刘华等领导工人罢工以抵抗帝国主义的残暴行径，工人们下定决心"不到胜利不上工"。第7至第8节描述了由于刘华在工人中的威望，反动军阀和帝国主义将其视为眼中钉，为刘华被捕和被秘密处决埋下了伏笔。其中尤其批判了奉系军阀下令封闭工会，通缉刘华的恶行。第9至第10节是全谣的高潮，描写了刘华被捕入狱后遭受酷刑，最后英勇就义的过程。"刘华同志遭枪毙，深更半夜暗执行"点出了敌人对共产党及其领导的工人阶级的畏惧。第11至第12节描写刘华牺牲的影响，他的牺牲促进了工人阶级的团结，加强了工友们与敌人对抗到底的决心。在刘华精神的感召下，不少工人继承烈士的遗志，加入了革命的队伍。革命队伍的壮大，使"敌人吓得不得了"。

中国共产党自成立以来就致力于开展工人运动工作，并逐步在上海不少工厂和码头建起工人组织。1926年7月召开的中共四届三中扩大执委会通过了《军事运动议决案》，强调了发展工农群众的武装势力。此后，中共上海区委秘密组建了2 000多人的工人纠察队为上海工人武装起义进行准备。1926年10月和1927年2月的两次起义因为种种原因失败了。1927年3月21日，为了迎接北伐军进抵上海，中国共产党发动了第三次上海工人武装起义。在周恩来等人的指挥下，经过30小时的激战，到22日，起义工人基本控制了除租界外的大部分市区。由市民代表会议选举的各界人士组成的上海特别市临时政府诞生，起义宣告胜利，大大振奋了全国人民的革命精神。《上海工人大武装》就诞生于北伐过程中，诞生于上海工人武装起义胜利的背景下。《上海工人大武装》流传于奉贤地区，采用了江苏北部小调"杨柳青调"，主要抒发了武装起义胜利后，灭官僚、打地主，工农翻身做主人的喜悦心情。当时流行的《上海工人大武装》应该有若干版本，不同区域的歌谣在具体内容上稍有区别，比如另一首流传在浦南地区的同名歌谣前两句是这样的："上海工人大武装，浦南农民喜洋洋"[①]。有意思的是，此谣虽然以工人武装起义为题，表现的却是农民的感情，说明在城市工人武装起义的同时，农民也被发动起来，进行了反对地主的革命斗争且取得了不小的胜利，因此不仅"工农兄弟有福享"，而且"农民喜洋洋"。上海工人武装起义在上海红色历史上是浓墨重彩的一笔，但对同时期的农民革命斗争却缺乏记录，此谣弥补了历史记录的空白，记录了当时农民的革命斗争过程及其结果。

　　1925年1月，中共第四次全国代表大会第一次明确提出了工农

---

① 沈吉明：《南上海方言》，上海文化出版社，2010年版，第312页。

联盟的问题，肯定农民"天然是工人阶级之同盟者"。当年5月的第二次全国劳动大会通过了《工农联合的决议案》，提出引导农民参加民主革命，与农民建立巩固的联盟是民主胜利的保证。

上海奉贤是中国共产党较早领导农民进行革命斗争的地区之一。早在1926年，奉贤就诞生了受党领导的农民协会。农民协会组织农民斗土豪、惩恶霸，赢得了广大农民的支持和爱戴。但对于当时农民协会如何领导农民进行斗争却缺乏较为细致的历史记录，再加上1929年1月21日爆发的奉贤庄行武装暴动影响过大，前期农民协会的斗争及其成绩实际上被遮盖了。《百把镰刀闹革命》就是一首诞生于大革命时期，反映奉贤农民协会领导农民与土豪恶霸进行斗争的歌谣。"百把镰刀闹革命"作为歌谣的中心句，既表现了早期农民武装斗争条件的艰苦，也表现了农民们团结一致斗争到底的决心。在早期的武装斗争中，奉贤农民缺乏枪支弹药，仅能将镰刀等农具作为武器。但即使武器简陋，也无法阻挡他们抗争的脚步，"百把"是虚指，表现了参与斗争的农民数量之多。从歌谣描述的内容来看，农民协会领导的早期奉贤农民斗争曾取得了不小的胜利。"威武扬，名声远"说明这支农民武装队伍实力不弱，远近闻名，不少土豪和恶霸闻风丧胆，纷纷逃往奉城镇。这支队伍似乎有进攻奉城的计划，并对在党的领导下取得革命的彻底胜利充满信心，"我们跟着共产党，红旗插遍奉贤县"。可惜的是，1927年四一二反革命政变爆发后，公开的农民协会被强行解散，此后转入地下活动。

大革命失败以后，中共中央在汉口紧急召开了八七会议，确立了土地革命和武装反抗国民党反动统治的总方针。为了贯彻八七会议精神，陈云受中共江苏省委的派遣，回到青浦领导农民运动。从1927年下半年到1928年初，陈云领导了青浦等地区的农民抗租斗争，包括东乡的抗租斗争和西乡小蒸、枫泾的农民暴动，在江浙沪

102

第四章

地区影响深远。《高举农会大红旗》是一首流传于青浦地区，表现陈云在练塘、小蒸一带领导农民抗租减息，与土豪劣绅进行斗争的歌谣。歌谣分为三部分，第一部分描述在土豪劣绅的剥削下青浦农民的悲惨境况，"只有债米无饭米"；第二部分描述农民在农会领导下，进行"万众一心抗租米"斗争的情形；第三部分采用了类比的方式，将压迫剥削农民的土豪劣绅与田中的白地虫相比，一种是人间害虫，一种是田间害虫。"白地虫"可能指蛴螬，也就是金龟子的幼虫，呈白色蠕虫状，危害多种农作物。但就如同田间害虫能被驱除一般，人间害虫也终会被除掉。"农会大旗似火红，烧煞人间的害人虫"体现了农民们的革命乐观主义精神。

日寇的入侵和国人的抗战也是上海红色革命斗争歌谣反映的重点内容。在这些歌谣中，既有对日寇侵略行径的愤恨，也有对革命军队英勇抗日行为的歌颂，还表达了与侵略者斗争到底的决心。《国土不可侵》与《打东洋》两首就是此方面的代表性歌谣。《国土不可侵》产生于九一八事变后。东北沦陷后，各地自发组织了抗日武装力量，他们舍生忘死，与日寇展开了殊死搏斗，有力地打击了日本帝国主义的侵略野心，也激发了全国民众的抗日热情和对抗战必胜的信心，正如歌谣的结尾所唱的："中国的人民有四万万，国土不可侵，人格不容凌。"此谣采录自嘉定地区，应该不是诞生于上海，而是在东北义勇军爱国精神的感染下，传播到沪并在上海广为流传的。与《国土不可侵》描述东北义勇军的战斗不同，《打东洋》描述的是在上海进行的淞沪会战。七七事变之后，日本帝国主义为扩大侵华战争，蓄意在上海制造八一三事变，并对上海展开了海陆空三方面的武装进攻。日军此次进攻遭到了中国军民的奋起反抗，参战的中国军警部队主要包括京沪警备部队改编的第9集团军（辖上海警察总队、江苏保安团等部）、苏浙边区部队改编的第8集团军，这些部队与日军在虹口、杨树浦、杭州湾北岸、浦东等地展开了激烈战斗。大量青年学生与各界爱国人士对抗击日军侵略进行了支援与帮助。发生在上海的淞沪会战是全面抗战初期中国投入最大人力物力的一次防卫战。《打东洋》是在淞沪抗战的主要战场之一——虹口地区收集到的，歌谣虽然短小，却反映了淞沪会战中全面抗战、全民抗战的特点：一方面歌谣中并没有提到具体的抗战力量，而是使用了重复的手法以及拟声词等，描摹了战斗的激烈和战场的广阔，"乒令乓冷响呀！乒令乓冷响呀！打、打、打到洋泾浜"；另一方面，歌谣在最后提出了全民抗日的号召，"全国百姓起来救中国，救中国！"

　　1937年的淞沪会战影响深远，在中国共产党的推动下，各界开始团结御侮，抗日民族统一战线正式形成。抗日已经成为压倒一切的社会主题，全国上下进入战时状态。共产党领导的中国工农红军改称国民革命军第八路军（简称"八路军"），南方8省的红军游击队改编为国民革命军陆军新编第四军（简称"新四军"），都迅速投入到抗日战场上。共产党及其领导的军队无论是在对日战斗还是在维护抗日民族统一战线方面都做出了巨大贡献，因此得到了民众的大力支持，《军民合作歌》正反映了当时军民团结抗日的情况。从形式上来看，这是一首比较少见的红色劳动歌谣，可能诞生于民众为前线战士送水送饭，或者在战场上挖战壕、抬伤员的劳动过程中。劳动歌谣有独唱、对唱、齐唱、一领众和等形式，但因为该谣在收集时没有同时记谱，所以对于它究竟是哪一种形式，我们很难判断，可能是齐唱，也可能是领与和的形式。无论是齐唱还是领和，都体现了民众积极支援前线的抗战热情，他们努力为抗战提供种种帮助，如"挖战壕，送子弹，抬伤兵，做茶饭"，他们与军队形成密切的合作关系，"你在前面打，我在后面帮"，成为抗战胜利

　　　　　　　　　　　　第 四 章

的重要保障。

1937年淞沪会战失败后上海沦陷，1941年宁绍战役、1942年浙赣会战失败后，宁波、绍兴、金华等地大部分城镇也先后沦陷。以浙江省宁波市西南的四明山为主的浙东敌后抗日根据地就是在此种背景下开辟的。一支由中共上海浦东工委领导的部队在1941年5月到9月间，分多批南渡杭州湾进入余姚、慈溪和镇海北部地区，与浙东敌后抗日根据地的战士们一起开展抗日游击战争。四明山既是上海籍新四军战士战斗的地方，又是处于沦陷区的上海民众心中向往的革命圣地，因此成为上海红色歌谣中常常出现的歌咏对象。《四明山》采用民歌中常见的问答体式，以问题引起听众的注意，以回答宣传抗日，表达歌咏者对共产党及其领袖的歌颂："四明山啥格妙？专打'皇军'和平佬。四明山为谁好？帮助穷人斗土豪。四明山谁领导？共产党里有朱、毛。"歌谣中有夸张手法的运用，如"八百里方圆二十里高"，"铜墙铁壁千万道"，表现了浙东抗日根据地在上海民众心目中的崇高地位。

经过艰苦卓绝的斗争，中国人民终于在1949年迎来了解放。《五月十三》是一首反映嘉定解放的红色革命斗争歌谣。歌谣总共四节，前两节是对解放军挺进嘉定、反动军队溃逃过程的描述，后两节抒发了嘉定民众翻身做主人的喜悦之情。1949年5月13日凌晨，中国人民解放军第三野战军第10兵团第28军84师长驱直入，解放了嘉定县城。解放军进入嘉定城以后，纪律严明，对商店、民宅秋毫无犯，各行业迅速恢复，社会也井然有序，解放军受到嘉定民众的热烈欢迎与衷心拥护，《五月十三》正是在这种背景下诞生的。值得注意的是，《五月十三》是一首节奏明快的劳动号子，由于其旋律简单、节奏规整，可能是一首搬运号子，其中的"嗨哟嗨哟"是典型的搬运号子衬词。

杨柳青调 杨柳青调原为扬州地方小调，后流传至江苏、上海、安徽等地。此种曲调节奏明快，叙事性较强，适合表达欢畅的情绪。杨柳青调的曲调变化比较自由，常见的为四句体乐段，宫调式，在第一、二、四乐句句尾一般有短小的衬腔或拖腔，第二句后固定用"杨啊杨柳青"或"杨柳叶子青"作为衬词，并因此而得名。

劳动号子 劳动号子产生于劳动强度较大、需要集体协作的劳动过程中，是劳动节奏与音乐节奏相吻合的歌谣，也是劳动的有机组成部分。劳动号子不仅在劳动中具有组织、指挥劳动的作用，能够鼓舞、调节劳动者的精神，而且具有一定的艺术表现价值。与其他体裁的歌谣相比，劳动号子具有浓厚的生活气息和极强的实用性。

搬运号子 搬运号子是劳动号子的一种，广泛流行于中国各地，由人力装卸、挑抬、推拉货物的搬运工人创造。根据搬运劳动的特点，搬运号子可以分为装卸号子、挑抬号子与推车号子三种。搬运劳动强度较大，需要紧密协作，因此为配合搬运劳动而创作的号子很少使用具有实际意义的歌词，大多为单纯的劳动呼号。

其他上海红色歌谣

上海红色歌谣内容丰富，除了前述的歌颂歌

谣、讽刺歌谣、揭露歌谣与革命斗争歌谣之

外，还有一些较难归类的内容，本书择其要

者进行介绍。

一、其他上海红色歌谣 ★ 欣 赏

01. 义勇军，义勇军

义勇军，义勇军，
我是义勇军。
年纪小，胆气高，
敌人能打倒。
矮日本，是敌人，
枪口瞄瞄准。
乒乒乒！啪啪啪！
矮奴杀干净。

02. 地雷歌

我家有个胖娃娃，
漆黑一身疤，
脸上大麻皮，
满肚子里装黑沙，
不吃饭来又不喝茶，
把它埋地下，
有朝一日开了花，
日本鬼子脑袋要搬家。

03.   坐着飞艇杀敌兵

哐啷哐啷！打打小锣，
小宝宝，骑马到热河，
回来带只骆驼，
骆驼背上唱山歌。

呜哩呜哩，吹吹小笛，
小宝宝，骑马到山西，
带回来一面国旗，
爷娘一见笑嘻嘻。

叮咚叮咚，敲敲小钟，
小宝宝，骑马到山东，
回来带盏灯笼，
点起灯笼去冲锋。

叮铃叮铃，摇摇小铃，
小宝宝，骑马到辽宁，
回来带只飞艇，
坐着飞艇杀敌兵。

04.　折根芦苇当长枪

芦叶阔，
芦叶长，
做个哨子嘌嘌响，
折根芦苇当长枪。
我拿哨子你拿枪，
我做司令你打仗，
帮助解放军叔叔打老蒋。

05.　浦东五支队

月亮静悄悄，
挂在杨柳梢，
小佳人在房中，
心里多苦恼。

（白）侬为啥苦恼呢？
想起我的郎，
心里好悲伤，
日本人掼炸弹，
炸死我的郎。

（白）侬为啥不去报仇呢?
我想去报仇,
脚小步难走,
为报仇想起郎,
两眼泪双流。

（白）侬为啥不去投河呢?
我想去投河,
家有两公婆,
三岁的小孩儿,
去靠哪一个?

（白）格末侬怎么办呢?
家有姐和妹,
组织妇抗会,
做鞋子做袜子,
慰劳五支队。

（白）侬为啥要慰劳五支队?
浦东五支队,
打仗真勇敢,
抗日爱百姓,
真是好部队。

06. 小妹捐枪上战场

二姐去当看护娘，
小妹捐枪上战场，
风头勿比男儿弱，
一队格女兵上前方。

07. 劝郎当兵

口水讲干舌讲困，
千言格万语侬勿听，
侬勿当兵我勿嫁侬呀，
留侬一世打单身。

08.　支前歌

拿起线来穿起针，
想起我前方格作战人，
勿绣格鸳鸯搭蝴蝶，
替伊做几件棉背心。

一件件格棉背心，
送到前线表我一份爱国情。
我愿化作棉和絮，
与我将士同寒温。

09.　黄桥烧饼

黄桥烧饼黄又黄，
黄黄的烧饼慰劳忙。
烧饼要用热火烤，
军队要靠百姓帮。

10.　提倡国货五更调

一更一点月模糊，
大家用国货，
依呀呀得儿喂，
国货花样多，
讲到货色亦勿破，
且坚固，
论价钱呀，
便宜许许多。
依呀呀得儿喂，
勿用外国货。

二更二点月初升，
绸缎有名声，
依呀呀得儿喂，
苏杭顶出名，
要做好衣裳再无好处寻，
蛮得神①。
要实惠呀，土布拿摩温②。
依呀呀得儿喂，
牢得呒淘成。

---

① 得神：方言，即雅致。
② 拿摩温：洋泾浜英语，即 Number 1，极好的意思。

三更三点月渐高，

瓷器货色好，

依呀呀得儿喂，

江西景德镇，

茶壶花瓶式样妙，

价钱巧。

东洋货呀，

大都勿牢靠，

依呀呀得儿喂，

铜钿瞎用掉。

四更四点月光明，

国货说勿尽，

依呀呀得儿喂，

大略唱几声，

三星厂里棉织品，

机器等。

振兴厂呀，

手套袜纱巾。

依呀呀得儿喂，

家庭化妆品。

五更五点月色清，

中国珐琅品，

依呀呀得儿喂，

华昌钢精品，

外加汉昌热水瓶，
式样新。
大中华呀，
双钱橡胶品，
依呀呀得儿喂，
美新皮革品。

五更敲过月西沉，
健美牙膏品，
依呀呀得儿喂，
牙刷推一心，
毫毛不拔货色精，
蛮有名。
劝诸君呀，
大家光临，
依呀呀得儿喂，
唱得勿好听。

二、其他上海红色歌谣 ★ 导 读

在上海红色歌谣中有不少红色儿歌。这些红色儿歌形式短小活泼，语言生动有趣，运用了丰富的想象，表现了少年儿童的爱国情怀。《义勇军，义勇军》是一首采录自崇明岛的红色儿歌，以充满童稚的语言歌颂了东北义勇军的英勇战斗。童谣以自诩为义勇军的天真言行，如"我是义勇军。年纪小，胆气高，敌人能打倒"，表达了儿童对义勇军战士的崇拜之情。

《地雷歌》采录自原闸北地区，采用了两种人称混合的手法，形式比较独特。童谣前半部分以第一人称的拟人手法描述了地雷的特征："我家有个胖娃娃，漆黑一身疤，脸上大麻皮，满肚子里装黑沙，不吃饭来又不喝茶。"童谣后半部分以第三人称描述了地雷在抗日斗争中的威力："把它埋地下，有朝一日开了花，日本鬼子脑袋要搬家。"

《坐着飞艇杀敌兵》采录自静安地区，童谣使用了重章叠句的手法，以丰富的想象分四节进行了描述。每节以演奏乐器的拟声词开头，如"哐啷哐啷，打打小锣"，"呜哩呜哩，吹吹小笛"，既体现了童谣的活泼特点，又引起了听众注意，提高了传播效果。从内容来看，该童谣是一首游戏童谣，以骑马的游戏动作贯穿全谣，灵活转换空间，进而对儿童进行爱国主义教育："回来带盏灯笼，点起灯笼去冲锋"，"回来带只飞艇，坐着飞艇杀敌兵"。

《折根芦苇当长枪》是一首动静皆宜的童谣，既可以单独吟诵，又可以作为游戏歌谣，边玩边唱。该童谣吟诵的内容是儿童折芦苇做哨子、长枪进行打仗游戏，其重点在最后一句"帮助解放军叔叔打老蒋"。全谣末尾押韵，具有朗朗上口的特点。

除了童谣之外，上海红色歌谣中也不乏抒情性的歌谣，比如《浦东五支队》。这是一首特别的红色歌谣，从形式上看不仅采用了问与答的方式，而且采用了念白与唱词组合的方式，加强了表演性。整首歌谣语言细腻，个人抒情色彩较浓，情调较为哀婉、低沉，但在哀婉中又充满了对日本侵略者的愤恨和对共产党领导的抗日武装力量的歌颂。歌谣的前半部分围绕青年寡妇的"苦恼"层层展开叙述。"苦恼"的核心是"日本人掼炸弹，炸死我的郎"；第二层"苦恼"是想要替夫报仇而不得，只能"两眼泪双流"；第三层"苦恼"是想要"投河"而不能，因为"家有两公婆，三岁的小孩儿"。"苦恼"其实是因为对日本侵略者的愤恨无法纾解。以青年寡妇的口吻所叙述的这个悲惨故事并非个案，而是当时因为日本侵华战争而遭受损失的千千万万中国家庭的缩影和代表，这不仅是家恨，更是国仇。只有军民团结才能战胜侵略者。因此歌谣后半部分的叙述将个人、家庭的命运与民族、国家的命运连接起来，主要表现为民众以种种方式支援前线抗日，"家有姐和妹，组织妇抗会，做鞋子做袜子，慰劳五支队"。

歌谣中的"五支队"即浦东五支队，是中国共产党领导下的一支抗日武装，它的全称是"国民党第三战区淞沪游击第五支队"。需要说明的是此番号是抗日民族统一战线形成以后，共产党领导的游击队所获得的国民党军队番号。浦东五支队是上海沦陷后，在浦东地区坚持抗日游击斗争的主力，深受上海民众的拥护与爱戴，正如歌谣中所唱："浦东五支队，打仗真勇敢，抗日爱百姓，真是好部队。"1941年5月，由于汪伪政府的"清乡"运动，浦东五支队南渡浙东，成为后来浙东游击纵队的基础之一。

从其反映的主要内容来看，《浦东五支队》其实是一首支前歌，也就是反映后方支援前线抗战内容的歌谣。这一类歌谣在上海红色歌谣中存量不少，本部分所选的《小妹掮枪上战场》《劝郎当兵》《支前歌》《黄桥烧饼》都属于此类。支前歌谣的大量产生是当时中国共产党及其领导的军队与民众水乳交融，受到民众发自心底的拥护与爱戴的结果。

后方对前方的支援包括人力与物力两方面，《小妹捎枪上战场》与《劝郎当兵》表现的是人力方面的支前。其中女性既可以从事看护卫生工作，也可以作为士兵直接参与战斗，如"二姐去当看护娘，小妹捎枪上战场"，而男性则主要是直接参军。《劝郎当兵》表现了少女劝情郎当兵的情节，是一首特别的情歌，以情话絮语的方式，如"侬勿当兵我勿嫁侬呀，留侬一世打单身"，传播了参军光荣的理念。

《支前歌》与《黄桥烧饼》两首歌谣主要表现的则是物力方面的支援。《支前歌》反映的是后方女性穿针引线为前线战士制作被服的劳动，语言生动有趣，情感真挚。歌谣的叙事主角是参加支前劳动的女性，她们认识到了支前劳作与平时女工劳作的不同，不仅方式不同——"勿绣格鸳鸯搭蝴蝶，替伊做几件棉背心"，而且赋予的感情不同——"送到前线表我一份爱国情"。《黄桥烧饼》是一首首先在苏北地区产生和流传的红色歌谣，它的产生与陈毅领导的黄桥战役有密切关系。黄桥战役发生于1940年10月，陈毅领导的新四军在江苏泰兴以东黄桥附近以7 000余人的兵力打败了国民党军1.5万余人的无理进攻。这是新四军接受改编后的第一次著名战役，不仅奠定了苏北抗日根据地的坚实基础，更打开了华中抗战的新局面。在黄桥战役过程中，黄桥民众烤制了大量烧饼送到前线，支援新四军作战。新四军战地服务团的工作人员目睹了此情此景，即兴编创了《黄桥烧饼歌》。此歌谣从诞生开始就在苏北民众中广泛流传，后来传播到上海等地。原歌谣有六段，在口头流传的过程中减省了部分内容，在20世纪末的上海闸北地区仅剩第一段流传，也就是本书所选的内容。歌谣虽然仅余四句，却深刻地反映了民拥军、军爱民的军民鱼水情，正如歌谣中所唱，"烧饼要用热火烤，军队要靠百姓帮"，团结民众、依靠民众是中国红色革命取得最终胜利的法宝之一。

　　还有一些红色歌谣虽然没有直接反映革命的内容，却表达与宣传了爱国的思想感情，比如本部分所选的最后一首《提倡国货五更调》。同名歌谣曾在江南地区广泛流传，并在各地衍生出不同的版本，比如流传在扬州的《提倡国货五更调》第一节内容为："一更一点月初出，提倡本国货，咿呀得喂！努力就去作，始终如一不懒惰。用工夫精益又求精，国货日增多。咿呀得喂！何愁国不富。"无论版本差别有多大，《提倡国货五更调》总体内容都是劝诫同胞购买国货，爱国救国，抵制洋货，勿忘国耻。但歌谣的劝诫并不生硬，而是摆事实，讲道理。本部分所选的这首流传在上海地区的《提倡国货五更调》第一节先总述国货的优势，包括"花样多""坚固""便宜"。第二、第三节列举了传统国货精品的优点，如苏杭丝绸"蛮得神"，土布"牢得呒淘成"，景德镇瓷器"茶壶花瓶式样妙，价钱巧"。同时还对比了洋货的缺点，比如"大都勿牢靠"，买洋货的结果只能是"铜钿瞎用掉"。此后的三节梳理了国产工业产品中的精品，并"劝诸君呀，大家光临"，实际上反映了上海民族工业发展所取得的一些成绩。众所周知，上海是中国近现代民族工业的中心。早在甲午战争以后的1895年至1898年间，上海就出现了华新纺织新局、裕通纱厂等规模较大的民族资本纱厂。1898年以后，上海的民族资本先后进入缫丝业、面粉业、造纸业、机器制造等诸多行业。1907年至1911年，上海的民族资本又深入到染织、毛纺、制革、水电、蜡烛与制皂等行业。在辛亥革命前，杨树浦、闸北、沪西等工业区已经形成。辛亥革命后，上海民族工业迎来了一段高速发展的黄金时期，棉纺织业与面粉业成为发展最快的行业，缫丝、卷烟、榨油、火柴、食品加工等行业都有了较大发展。歌谣中所举的大中华橡胶厂双钱牌的鞋套和轮胎、一心牙刷公司生产的牙刷、汉昌热水瓶厂生产的热水瓶等都是当时上海知名的民族工业产品。

小调　小调又称小曲、俚曲，是歌谣的一种主要类别，情调细腻婉转，形式较为规整，表现手法丰富多样。小调产生自民众的劳动闲暇时、日常生活中，以及节庆等场合，具有抒发情怀、消遣娱乐等功能。小调在城乡地区都有流行，内容涉及社会各阶层民众的生活。由于职业艺人与半职业艺人的传唱，小调往往与曲艺、戏曲发生着千丝万缕的联系。从内容上来看，情歌、儿歌、风俗歌、诙谐歌等都属于小调。

儿歌　儿歌也称童谣，是以低幼儿童为主要接受对象的歌谣，具有易读、易记、易唱的特点。儿歌在教育方面具有独特的功能，有些儿歌能向儿童传授知识，有些儿歌能培养儿童品质，很多儿歌都可以锻炼儿童语言能力。在中国古代，谶谣曾借助童谣的形式流传。但谶谣具有很强的政治色彩，往往作为改朝换代的舆论工具，所以谶谣严格说来不能算是童谣。

五更调　五更调是以五更为时序的联章体歌谣，也是以苏州为中心流传的典型的吴方言民间小调之一，按照一更到五更的时序排列，每段结构相同。需要注意的是"五更调"仅仅是一种形式而不是曲调。早期五更调中的"五更"是时间概念，具有实际意义，与歌谣内容密切相关，适合表现女性对征夫、情郎的思念等主题。后来的"五更"失去了指向具体时间的意义，仅作为组织歌谣的时序存在。在五更调的基础上，后来又演化出以"十更"来分段的时调，篇幅较五更调长，容纳的内容也更多。

　　红色歌谣研究始于20世纪50年代末。进入21世纪，尤其是
2010年以后，红色歌谣研究掀起了高潮，仅知网上可见的研究文
章就超过一百篇。这些研究具有一个共同点，那就是研究对象集中
于陕西、江西、四川等革命老区，很多文章都认为只有在革命根据
地流传的歌谣才是红色歌谣。实际上，红色歌谣不仅在革命根据地
创作和流传，也因为新民主主义革命的发展而在全国各地创作和流
传。农村革命根据地中的革命歌谣仅仅是红色歌谣的一部分，还有
不少革命歌谣在都市中产生、传播，上海红色歌谣就是典型的都市
型红色歌谣，值得深入研究。本书仅是一个粗浅的探索。

　　从历史上来看，歌谣很早就在政治生活中承担了重大职能，比
如"采诗观风"和"陈诗言志"。20世纪初，有着明确文化启蒙目
的的北大歌谣征集运动同样在新民主主义革命中起到了重要作用。
以北大歌谣征集运动为开端的中国现代民俗学从诞生之初就具有鲜
明的政治性。政治性是民俗学的本质属性之一，民俗研究应该在社
会治理与认同建构中发挥重要功能，实现其学科价值。恩师田兆
元先生曾在《民俗学的学科属性与当代转型》等文章中多次指出：

应该高度警惕那种远离社会需求，偏向小型学术游戏，偏向于发现日常生活意义的研究倾向；应该重视民俗在国家认同、民族认同和地方认同建构方面的功能。因此，本书对上海红色歌谣的整理和分析，其重要目的正在于通过唤起上海民众的红色革命记忆，建构上海红色文化认同。

本书为庆贺党的百年华诞而作。百年前，中国共产党的诞生改变了中国历史发展进程和人类历史发展轨迹。党的百年华诞的到来无论对中国还是世界来说，都具有非同寻常的意义。我们期待在迎接党的百岁生日之际，不仅迎来一个更加繁荣、昌盛的中国，也迎来一个更加包容、美好的世界！

本书的策划与写作得到了中西书局的大力支持与帮助，在此表达我最诚挚的谢意！

毕旭玲

二〇二一年四月于海上偶得斋

本书所选歌谣出处

01.《东南风吹来浪里飘》
选自《全国民间歌曲集成·上海卷》
中国 ISBN 中心 1998 年版，第 453 页。

02.《心里想起毛泽东》
选自《全国民间歌曲集成·上海卷》
中国 ISBN 中心 1998 年版，第 452 页。

03.《人人跟着共产党》
选自《中国民间文学集成·上海
卷·奉贤县歌谣、谚语分卷》
上海市新闻出版局内部资料准印
（88）第 052 号，南汇县教育印刷厂
印刷，1989 年 6 月，第 23 页。

04.《东天出了个红太阳》
选自《全国民间歌曲集成·上海卷》
中国 ISBN 中心 1998 年版，第 675 页。

05.《上海来仔解放军》
原载《解放战争时期歌谣》
上海文艺出版社 1961 年版，第 64 页
转引自《中国歌谣集成·上海卷》
中国 ISBN 中心 2000 年版，第 118 页。

06.《共产党来了真格亲》
原载《上海民歌选》第 14 页
上海文艺出版社 1959 年版
转引自《中国歌谣集成·上海卷》
中国 ISBN 中心 2000 年版，第 117 页。

07.《解放前　解放后》

选自《中国民间文学集成·上海卷·虹口区歌谣谚语分卷》

上海新闻出版局内部资料准印证（88）第042号，常熟市印刷二厂印刷，1990年6月，第30页。

08.《朱、毛来了换爿天》

选自《中国民间文学集成·上海卷·静安区歌谣谚语分卷》

上海市新闻出版局内部资料准印证（88）第041号，上海市第一人民警察学校印刷厂印刷，1988年9月，第42—43页。

09.《穷苦人民叹苦得翻身》

选自《中国歌谣集成·上海卷》

中国ISBN中心2000年版，第119—120页。

10.《十只台子歌》

选自《中国民间文学集成·上海卷·宝山区城区分卷》

上海新闻出版局内部资料准印（88）第045号，上海市宝钢印刷厂印刷，1989年10月，第411—412页。

11.《水厂工人歌》

选自《中国民间文学集成·上海卷·杨浦区分卷》

上海市新闻出版局内部资料准印（88）第043号，浙江省嵊县供销社印刷厂印刷，第423—424页。

12.《希奇歌》

选自《中国民间文学集成·上海卷·虹口区歌谣、谚语分卷》

上海市新闻出版局内部资料准印（88）第042页，常熟市印刷二厂印刷，第49—51页。

13.《刮民党真糟糕》

选自《中国民间文学集成·上海卷·杨浦区分卷》

上海市新闻出版局内部资料准印（88）第043号，浙江省嵊县供销社印刷厂印刷，第434页。

14.《东洋乌龟贼棺材》

选自《中国民间文学集成·上海卷·静安区歌谣、谚语分卷》

上海市新闻出版局内部资料准印（88）第041号，上海市第一人民警察学校印刷厂印刷，第59页。

15.《苏州河上鬼门关》

选自《中国民间文学集成·上海卷·卢湾区歌谣、谚语分卷》

上海市新闻出版局内部资料准印（88）第037号，江苏省机械研究设计院印刷厂印刷，第8—9页。

16.《打起仗来朝后走》

选自《中国民间文学集成·上海卷·杨浦区分卷》

上海市新闻出版局内部资料准印（88）第043号，浙江省嵊县供销社印刷厂印刷，第431页。

17.《麻雀战》

选自《中国民间文学集成·上海
卷·普陀区分卷》

上海市新闻出版局内部资料准印
（88）第044号，上海新联装潢印刷
厂印刷，第237页。

18.《扫帚星》

选自《中国民间文学集成·上海
卷·普陀区分卷》

上海市新闻出版局内部资料准印
（88）第044号，上海新联装潢印刷
厂印刷，第244页。

19.《上海大劫收》

选自《中国民间文学集成·上海
卷·卢湾区歌谣、谚语分卷》

上海市新闻出版局内部资料准印
（88）第037号，江苏省机械研究设
计院印刷厂印刷，第9页。

20.《嘲"剿匪"诗》

选自《中国民间文学集成·上海
卷·静安区歌谣、谚语分卷》

上海市新闻出版局内部资料准印
（88）第041号，上海市第一人民警
察学校印刷厂印刷，第61页。

21.《美国强盗到上海》

选自《中国民间文学集成·上海
卷·奉贤县歌谣谚语分卷》

上海市新闻出版局内部资料准印
（88）第052号，南汇县教育印刷厂
印刷，1989年，第24—25页。

22.《闹他个红旗满天》

原载上海《采风报》1984年10月
16日第20期，转引自《中国歌谣集
成·上海卷》

中国ISBN中心2000年版，第167页。

23.《说东洋》

选自《中国民间文学集成·上海
卷·宝山区城区分卷》

上海市新闻出版局内部资料准印
（88）第045号，上海市宝钢印刷厂
印刷，1989年10月，第408页。

24.《保我中国兴》

选自《中国民间文学集成·上海
卷·嘉定县歌谣分卷》

上海新闻出版局内部资料准印（88）
第048号，上海市翔文印刷厂印刷，
1989年8月，第60页。

25.《上海战事》

原载《上海歌谣集之五》

上海文艺出版社1959年，第98页
转引自《中国歌谣集成·上海卷》
中国ISBN中心2000年版，第179—
180页。

26.《控诉日寇歌》

选自《中国民间文学集成·上海
卷·嘉定县歌谣分卷》

上海新闻出版局内部资料准印
（88）第048号，上海市翔文印刷厂
印刷，1989年8月，第61页。

27.《抗战时期上海二三事》

选自《中国民间文学集成·上海卷·卢湾区歌谣、谚语分卷》

上海市新闻出版局内部资料准印（88）第037号，江苏省机械研究设计院印刷厂印刷，第7—8页。

28.《抗战花名》

选自《中国民间文学集成·上海卷·奉贤县歌谣谚语分卷》

上海市新闻出版局内部资料准印（88）第052号，南汇县教育印刷厂印刷，1989年，第26—27页。

29.《十更调》

选自《中国民间文学集成·上海卷·虹口区歌谣、谚语分卷》

上海市新闻出版局内部资料准印（88）第042页，常熟市印刷二厂印刷，第60—63页。

30.《他就讲你是共产党》

选自《中国民间文学集成·上海卷·杨浦区分卷》

上海市新闻出版局内部资料准印（88）第043号，浙江省嵊县供销社印刷厂印刷，1989年2月，第433页。

31.《罢工斗争》

选自《中国歌谣集成·上海卷》中国ISBN中心2000年版，第148页。

32.《"五卅"忆刘华》

选自《中国民间文学集成·上海卷·静安区歌谣、谚语分卷》

上海市新闻出版局内部资料准印（88）第041号，上海市第一人民警察学校印刷厂印刷，第51—53页。

33.《上海工人大武装》

选自《中国歌谣集成·上海卷》中国ISBN中心2000年版，第166页。

34.《百把镰刀闹革命》

原载《奉贤民歌调查报告》上海文艺出版社1961年版，第87页转引自《中国歌谣集成·上海卷》中国ISBN中心2000年版，第169页。

35.《高举农会大红旗》

选自《中国歌谣集成·上海卷》中国ISBN中心2000年版，第166—167页。

36.《国土不可侵》

选自《中国民间文学集成·上海卷·嘉定县歌谣分卷》

上海新闻出版局内部资料准印（88）第048号，上海市翔文印刷厂印刷，1989年8月，第62页。

37.《打东洋》

选自《中国民间文学集成·上海卷·虹口区歌谣、谚语分卷》

上海市新闻出版局内部资料准印（88）第042页，常熟市印刷二厂印刷，第22页。

38.《军民合作歌》

选自《中国民间文学集成·上海卷·静安区歌谣、谚语分卷》

上海市新闻出版局内部资料准印（88）第041号，上海市第一人民警察学校印刷厂印刷，第58页。

39.《四明山》

选自《中国歌谣集成·上海卷》

中国ISBN中心2000年版，第195—196页。

40.《五月十三》

选自《中国民间文学集成·上海卷·嘉定县歌谣分卷》

上海新闻出版局内部资料准印（88）第048号，上海市翔文印刷厂印刷，1989年8月，第45页。

41.《义勇军，义勇军》

选自《中国歌谣集成·上海卷》

中国ISBN中心2000年版，第189页。

42.《地雷歌》

选自《中国歌谣集成·上海卷》

中国ISBN中心2000年版，第189页。

43.《坐着飞艇杀敌兵》

选自《中国歌谣集成·上海卷》

中国ISBN中心2000年版，第188页。

44.《折根芦苇当长枪》

原载《上海民歌选》

上海文艺出版社1958年版，第238页

转引自《中国歌谣集成·上海卷》

中国ISBN中心2000年版，第189页。

45.《浦东五支队》

选自《中国歌谣集成·上海卷》

中国ISBN中心2000年版，第197页。

46.《小妹掮枪上战场》

选自《中国歌谣集成·上海卷》

中国ISBN中心2000年版，第191—192页。

47.《劝郎当兵》

选自《中国歌谣集成·上海卷》

中国ISBN中心2000年版，第192页。

48.《支前歌》

选自《中国歌谣集成·上海卷》

中国ISBN中心2000年版，第194页。

49.《黄桥烧饼》

选自《中国歌谣集成·上海卷》

中国ISBN中心2000年版，第196页。

50.《提倡国货五更调》

原载《上海文化史志通讯》1990年第10期，转引自《中国歌谣集成·上海卷》

中国ISBN中心2000年版，第208—209页。